OS 2 GUARDIÕES DA RAINHA DA FLORESTA

O Mensageiro

OS 2 GUARDIÕES DA RAINHA DA FLORESTA

O Mensageiro

Copyright © 2023 by Editora Letramento
Copyright © 2023 por Gabriel Mendes

Diretor Editorial Gustavo Abreu
Diretor Administrativo Júnior Gaudereto
Diretor Financeiro Cláudio Macedo
Logística Daniel Abreu e Vinícius Santiago
Comunicação e Marketing Carol Pires
Assistente Editorial Matteos Moreno e Maria Eduarda Paixão
Designer Editorial Gustavo Zeferino e Luís Otávio Ferreira

Ilustração da capa Ítalo Coslop
Revisão Camila Araujo

Todos os direitos reservados. Não é permitida a reprodução desta obra sem aprovação do Grupo Editorial Letramento.

Dados Internacionais de Catalogação na Publicação (CIP)
Bibliotecária Juliana da Silva Mauro - CRB6/3684

M538d   Mendes, Gabriel
            Os dois guardiões da rainha da floresta / Gabriel Mendes.
            - Belo Horizonte : Letramento, 2023.
            198 p. ; 14cm x 21 cm.

            Inclui Bibliografia.
            ISBN 978-65-5932-333-3

            1. Talento. 2. Natureza. 3. Propósito. 4. Xamanismo. 5. Indígena. I. Título.

            CDU: 82-312.2(81)
            CDD: 869

Índices para catálogo sistemático:
1. Literatura brasileira - Literatura mística 82-312.1(81)
2. Literatura brasileira 869

LETRAMENTO EDITORA E LIVRARIA
Caixa Postal 3242 – CEP 30.130-972
r. José Maria Rosemburg, n. 75, b. Ouro Preto
CEP 31.340-080 – Belo Horizonte / MG
Telefone 31 3327-5771

*Um chamado da Rainha da Floresta para
todos os guardiões que servem à luz.*

AGRADECIMENTO

Gostaria de agradecer profundamente a você que está dando essa permissão para que a sabedoria da Floresta possa te tocar e espero, de coração, que essa seja uma história de retomada dos seus dons e talentos para encontrar o seu propósito de vida.

sumário

11   *PREFÁCIO*

13   CAPÍTULO 1
SER FELIZ FAZENDO O QUE SE AMA

22   CAPÍTULO 2
INSPIRAÇÃO VEM COM TRANSPIRAÇÃO

31   CAPÍTULO 3
DONS E TALENTOS

39   CAPÍTULO 4
O DESAFIO DA ESCOLA

49   CAPÍTULO 5
MANIFESTANDO SONHOS

61   CAPÍTULO 6
MANTENDO O SONHO VIVO

71   CAPÍTULO 7
A VIAGEM PARA O CORAÇÃO DA FLORESTA

81   CAPÍTULO 8
A CHEGADA NA ALDEIA

96   CAPÍTULO 9
O GRANDE ENCONTRO

106   CAPÍTULO 10
RODA NA FOGUEIRA

116 CAPÍTULO 11
SEGREDOS DA FLORESTA

137 CAPÍTULO 12
A ESCOLA DA VIDA

152 CAPÍTULO 13
A CURA

169 CAPÍTULO 14
A BATALHA FINAL

189 CAPÍTULO 15
A MENSAGEM DA RAINHA

194 *AGRADECIMENTOS FINAIS*

196 *SOBRE O AUTOR*

PREFÁCIO

Falar da Mãe Natureza é como falar de um encontro consigo mesma. É uma aliança perdida pelo homem, uma conexão que ficou no passado.

O livro Os 2 Guardiões da Rainha da Floresta criado por Gabriel Mendes , além de muito bem escrito, é uma linda aventura que promove uma profunda reflexão sobre o elo entre o homem e a natureza.

Quando Gabriel e o indígena Tatu me pediram para escrever o prefácio, eu tinha acabado de desenvolver um trabalho com Tatu, um artista plástico do povo Pataxó. Eu também sou artista plástica e trabalho em parceria com a natureza, utilizando os símbolos do feminino e da fertilidade, juntamente com elementos orgânicos, como folhas, insetos, terra, sal, etc.

Lembro-me que me senti muito bem quando consagrei a "Ayahuasca" pela primeira vez, na Floresta Amazônica com o pajé e o xamã da aldeia. Ali eu percebi como tudo tem vida e o quanto nós estamos todos interligados.

Espero que Os 2 Guardiões da Rainha da Floresta chegue a muitas pessoas no mundo, pois não são somente as florestas que pedem mudanças, mas todo o planeta.

Porém, precisamos nos conscientizar que esse planeta é forte, muito mais forte que nós! Ele tem um ciclo de vida e transformação que ainda não conseguimos entender.

É o ser humano que precisa mudar, infelizmente, estamos muito apegados à matéria, o que dificulta mudar essa mentalidade de um momento para o outro.

O fato é que a sagrada conexão com a natureza deve ser retomada. A mensagem do livro traz a urgência dessa consciência perdida, indicando o Amor como o principal e mais certo caminho para voltarmos a essa realidade.

Os 2 Guardiões da Rainha da Floresta é um livro limpo, fácil e profundo. Adorei ler e passar por essa experiência que remete a um passado perdido, um momento difícil e um futuro incerto... Pois os Deuses já jogaram os dados.

CHRISTINA OITICICA

Artista plástica e esposa do escritor Paulo Coelho

CAPÍTULO 1

SER FELIZ FAZENDO O QUE SE AMA

Com as mãos manchadas de tinta azul, o último estudante da turma entregou com olhos fechados sua prova de redação. Sem perder tempo, ele saiu da escola e disparou, rápido como uma flecha, até o topo da longa ladeira que ligava seu colégio até sua residência. Naquele momento, o verão na Bahia pintava o céu todo de azul, sem uma nuvem sequer para esconder o sol escaldante do meio-dia. Com a sua pesada mochila nas costas, vestindo a camiseta branca do colégio e calças jeans, Biel só queria voltar logo para casa.

Ele cursava o último ano do ensino médio e retornava da aula todos os dias naquele mesmo horário, sempre acompanhado do seu melhor amigo, Rafael, que insistia para que eles fossem mais devagar.

Biel mantinha a velocidade enquanto reclamava aos quatro ventos:

— Isso é um absurdo! É o pior verão da minha vida! Todo dia a gente tem que repetir essa rotina chata. Eu não gosto de acordar cedo e não quero mais perder a manhã inteira sentado e obrigado a decorar um milhão de assuntos como se eu fosse um computador armazenando dados.

— Eu já te disse que não tem nada que a gente possa fazer. Esqueça qualquer hipótese de que um dia a escola vai fazer uma aula na praia pela manhã ou que vai deixar a gente de bobeira sabendo que já estamos quase na véspera do vestibular.

Biel sempre teve muito entusiasmo, que refletia em querer aproveitar intensamente cada segundo de sua vida, além de buscar mudar o mundo com suas ações. Por isso, vivia praticando esportes, era proativo em organizar as festas da turma para reunir a galera, e, frequentemente, se engajava em causas sociais para arrecadar fundos ou assinaturas para algumas iniciativas ambientais.

Porém, aquele último ano do colégio, o temido "terceirão", estava abalando sua confiança. Aquela era a primeira vez que ele sentia que precisava tomar grandes decisões na sua vida. Sabia que um ciclo estava se fechando para que outro começasse, mas duvidava muito da sua capacidade de lidar com as responsabilidades da tal vida de adulto.

A insegurança e indecisão sobre o futuro roubavam sua alegria de viver. As preocupações viviam gritando dentro dele. Algumas eram perguntas que martelavam na sua cabeça sem parar: *Para qual curso devo prestar vestibular? Qual carreira quero seguir?*

Biel achava um pouco cruel ter que saber essas respostas aos dezessete anos, mas estava tentando se conformar que era assim que as coisas aconteciam. Ele não era o primeiro jovem a passar por isso e sabia que, se os outros conseguiram, então ele também seria capaz de tomar essa decisão.

Mas, naquele dia, em especial, Biel estava mais nervoso. Guardava uma frustração que apertava seu peito...

Seus pais sempre diziam que, quando ele era criança, tinha o costume de sentar-se na varanda de casa e olhar para o céu. Passava horas observando as estrelas e a lua. Em seguida, pegava uma folha em branco e começava a escrever nela. Os pais diziam que ele passava um longo tempo escrevendo lindas histórias sobre os mistérios do Universo, que já o intrigava desde tão novo.

Apesar de ter vagas lembranças dessas cenas, Biel duvidava de como poderia ser verdade que, desde pequeno, tivesse o dom da escrita. Afinal, uma situação sempre se repetia ao longo dos anos: Toda vez que escrevia uma redação na escola, tirava nota baixa.

A grande contradição é que, enquanto estava mergulhado em sua imaginação, durante a prova, tinha convicção de que estava elaborando um texto fantástico. Sentia que colocava para fora toda sua expressão e se achava muito inteligente ao ler todas aquelas ideias incríveis no papel. As palavras surgiam com facilidade em sua cabeça e ele gostava de ler suas próprias histórias. Tinha a confiança de um jovem ousado que dominava a sua arte.

Mas, alguns dias se passavam após o exame e o resultado era sempre um desastre. Sua prova voltava toda riscada de caneta vermelha, pois os corretores discordavam completamente das suas ideias e da sua forma de escrever. Na avaliação constava que Biel fugia do tema. Eles diziam que seus argumentos não tinham coerência e que o texto não era bom o suficiente.

Biel não conseguia concordar com isso. Afinal, como alguém teria o direito de dizer sobre o que é bom ou ruim na sua forma única de escrever? Ou ainda falar que seus argumentos não têm coerência só porque não entendem que há outras formas de enxergar o mundo?

Biel lamentava sozinho, sentindo-se podado em sua expressão e incompreendido em suas ideias. Era sempre uma tristeza ler aquelas correções, pois derrubavam sua autoestima. Seu estilo de escrita claramente não era apreciado pelos avaliadores.

Após tantas notas baixas nas redações, os pensamentos negativos inundaram por completo sua mente. Biel se perguntava: *Como é que eu posso me achar tão bom na escrita se não consigo sequer tirar uma nota alta? Acho que a única coisa em que eu levo jeito mesmo é me enganar...*

Biel foi, pouco a pouco, perdendo o seu prazer de infância pela escrita, tornando-se mais um jovem com a criatividade bloqueada. Mas naquele dia, ele tinha lançado a sua última esperança de conquistar uma nota alta ao entregar sua prova de redação.

De qualquer forma, a sua mente já tinha lhe convencido que seus pais apenas relembravam aquelas histórias de quando era criança para tentar motivá-lo, e que eles provavelmente nunca se deram ao trabalho de ler seu pequeno livro sobre as estrelas. Biel só queria compreender, de uma vez por todas, o motivo de uma estranha voz lhe chamar repetidamente para uma aventura misteriosa.

Ele ouvia constantemente uma sutil e marcante mensagem, falar no seu ouvido: *Prepare-se! A escrita é a poderosa chave para abrir o grande portal da sua vida.* Enquanto colecionava notas baixas na matéria de Redação, bem no fundo da sua alma, a voz insistia em manter essa chama acesa diariamente.

Biel finalmente chegou em casa e despediu-se de Rafael. Aproveitou para calar todo aquele diálogo interior. *Preciso manter o foco no vestibular; escrever histórias nunca vai me servir para coisa alguma. É perda de tempo acreditar nessa voz.* Pensou ele ao tocar a campainha de casa.

Sua mãe logo o recebeu com um sorriso bem largo, dando-lhe um abraço rápido, sem perceber a aflição do filho.

— Filho, preciso sair agora, porque estou atrasada. O almoço está pronto na mesa. Já fiz seu prato, é só colocar trinta segundos no micro-ondas.

Em seguida, ela bateu à porta. Biel percebeu que o pai e a irmã ainda não tinham chegado. Era raro ele ficar com a casa só para si. Biel gostava quando isso acontecia, sentia-se livre por um momento. Matou a vontade de colocar um rock 'n' roll bem barulhento na TV da sala, jogou seu uniforme pela casa, cantou alto sem ninguém para tentar lhe calar e quase cedeu ao impulso de abrir todas as barras de chocolate escondidas no armário da cozinha.

Depois daquela breve euforia, percebeu que a fome gritava alto em sua barriga e sentou-se imediatamente para devorar seu almoço. Parecia que aquela tal fase de crescimento jamais terminaria, pois Biel comia o tempo todo e ficava cada dia um pouco mais alto e mais forte.

Foi aí que ele se olhou no espelho e percebeu que aquele último ano do colégio deixou alguns marcos de mudança dentro e fora dele. Já não tinha mais o rosto de menino: Um discreto cavanhaque nascia em seu queixo, e as pequenas marcas de espinha davam lugar a leves manchas de sol na bochecha. Seus braços e pernas cresciam longos e finos, o que destoava do tamanho da cabeça, que parecia grande demais por conta do corte de cabelo repicado. Biel já teve de suportar muito bullying dos colegas de turma, que lhe deram apelidos como "capacete" ou "cabeção".

Depois de analisar o seu físico, achando pequenos defeitos em vários lugares do corpo, testou diferentes poses no espelho. Jogou os fios ondulados do cabelo preto para trás, flexionou o bíceps para ver se a academia recém-iniciada já surtia efeitos, e tirou algumas *selfies* com um sorriso travado, enrolando-se para decidir qual delas seria publicada na sua rede social.

Antes de terminar de almoçar, parou de olhar para o corpo por um instante e ficou encarando o seu próprio olhar no espelho por alguns segundos. Neste momento, Biel tomou um grande susto.

Por um breve momento, não reconheceu aquele olhar. Era vazio. Sem brilho. Ele estava se olhando, mas não se reconhecia mais. A mudança não era só externa, mas principalmente interna. Para onde tinha ido a sua alegria de viver? O que sobrou daquele seu entusiasmo de antes, quando ainda sonhava em mudar o mundo?

Biel percebeu que, por alguma razão naquele último ano do colégio, ele havia se esquecido das coisas que eram importantes para ele. Ficou tão distraído pensando sobre seu futuro profissional que acabou deixando de lado a própria felicidade.

É temporário, logo essa fase deprimente vai passar e eu vou poder ser feliz novamente, disse seu coração, acalmando-o.

Não se engane! Seguindo por esse caminho, as coisas não ficarão mais fáceis ou divertidas. Sua vida será repleta de provas da faculdade, estágio, trabalho, família etc., respondeu a mente.

— Preciso tomar a decisão certa, porque essa escolha vai impactar na minha felicidade daqui para frente. Talvez eu devesse observar as pessoas felizes e ver o que elas fizeram quando tinham a minha idade — concluiu Biel trazendo uma breve harmonia entre a mente e o coração.

Perdeu a fome, mas não podia perder mais tempo. Logo se dirigiu até o banheiro para tomar banho e recomeçar sua rotina chata de estudos. Ouviu de longe um som de chaves balançando, era a sua irmã mais velha, Laura, chegando em casa.

Biel, sem pensar muito, já sabia que ali poderia ser a primeira oportunidade de observar se sua irmã era feliz.

Eles se cumprimentaram na sala, e a primeira frase de Laura foi:

— Ufa! Não aguentava mais ficar no escritório, hoje foi tenso.

E ela se atirou no sofá exausta deixando cair as almofadas.

Opa, isso não parecia ser um bom sinal. Mas, talvez sua irmã pudesse ter tido somente um dia estressante no trabalho, o que também acontecia com as pessoas felizes, refletiu Biel.

Então, ele aproveitou para se sentar ao lado dela e puxar mais respostas:

— Irmã, você se considera uma pessoa feliz? Você acha que escolheu uma carreira em que você ama o que faz?

Laura, olhando para o teto, arregalou seus olhos pretos suspendendo as finas sobrancelhas e abriu a boca como se tivesse acabado de levar um susto.

— Nossa, você acredita que eu estava pensando nisso hoje? Quando me peguei contando o ponteiro do relógio e torcendo para a hora passar mais depressa, me caiu a ficha de que eu indiretamente também queria que minha vida passasse mais rápido, e isso não faz o menor sentido.

Biel no mesmo instante anotou em seu caderno:

"Contar as horas torcendo para que o ponteiro passe mais depressa é sinal de que o que você faz não está te deixando feliz"

Laura, vendo a cena, perguntou:

— Você está anotando minha resposta? É alguma tarefa da escola?

— Não, na escola a gente não fala sobre felicidade. Felicidade não cai na prova do vestibular.

Então, aproveitando a abertura, ele lançou a última pergunta:

— Irmã, mas se você percebeu que aquilo que você faz hoje não te deixa feliz, por que você ainda continua desperdiçando seu tempo de vida trabalhando lá?

— Não sei te responder. Eu acho que a gente vai se acomodando aos poucos. Entrando numa ilusão. Fingindo que está tudo bem. E quando menos esperamos, já estamos presos na nossa própria mentira — confessou Laura.

— Isso é muito triste! Eu não quero ficar preso na minha própria mentira. Preciso anotar essa frase para não me enganar também.

E, então, ambos ficaram calados, refletindo juntos sobre a conversa que acabaram de ter.

À noite, a família toda estava reunida para o jantar. Biel aproveitou para observar um pouco mais os seus pais e ver se eles podiam ensinar algo sobre fazer o que se ama ou felicidade.

Enquanto seu pai Marlos e sua mãe Ariel conversavam na cozinha, Biel entrou e fingiu pegar um copo de limonada na geladeira. De repente, ouviu seu pai falar em tom preocupado:

— Estão mudando muitas coisas na organização, é provável que haja uma demissão em massa dos funcionários para que um novo grupo político assuma.

Biel sabia que seu pai trabalhava na política, mas nunca entendeu muito bem o que ele fazia. Sempre que eles conversavam sobre trabalho, seu pai contava boas lembranças das reportagens que ele já tinha feito ao redor do Brasil ao longo da sua carreira como jornalista.

Biel, observando aquela cena na pequena cozinha da sua casa, reparou que agora já não olhava mais para o seu pai de

OS 2 GUARDIÕES DA RAINHA DA FLORESTA **19**

baixo para cima, como acostumado desde criança. Ele já media aproximadamente 1,88cm, o que o fazia ultrapassar com folga seu pai na altura.

Curiosamente, Biel agora estava mais confiante para questionar Marlos, pois não se sentia mais intimidado ao olhá-lo pela primeira vez de cima para baixo.

E sem querer mais se segurar durante a conversa dos seus pais, Biel reagiu no impulso:

— Pai, por que você não trabalha mais com jornalismo? Era o que você amava fazer, né?

— Porque jornalismo não dá dinheiro, meu filho. Não quero ver você e sua irmã morrerem de fome.

— Então não existem jornalistas ricos? — insistiu Biel.

— Claro que sim, mas são poucos e sortudos — respondeu Marlos de maneira fria.

— Eu não consigo acreditar nisso — insistiu Biel.

— O que te falta é experiência de vida, e o que sobra em você é teimosia.

— E você sempre acha que sabe de tudo, pai.

— Posso te garantir que já passei por muito mais coisa do que você, filho. Tudo o que eu falo é para o seu bem. Você tem que trabalhar com algo que lhe dê dinheiro para não passar dificuldades depois.

Sua mãe também entrou na conversa aconselhando:

— Eu e seu pai conversamos essa semana e achamos que você deveria prestar vestibular para Direito. Posso pedir para os seus tios, que são advogados, te colocarem em um estágio logo no início do seu curso.

— Oxe, mas vocês nem perguntaram a minha opinião. Quem disse que eu quero fazer Direito?

— Temos certeza de que você vai se identificar durante o curso e vai agradecer a gente depois — enfatizou sua mãe desviando o olhar para o lado.

— Eu não quero fazer Direito. Eu gosto mesmo é de escrever histórias no papel e compartilhar minhas reflexões, quero continuar fazendo isso durante toda a minha vida.

— Chega! Cansei dessa conversa por hoje. Eu sempre elogiei a sua escrita desde pequeno, mas chegou a hora de você cair na real. Seus contos de fadas não pagam as contas. Você nos obedeça a partir de agora ou vai ficar de castigo — gritou seu pai com um tom de voz bem ríspido.

Biel ficou revoltado e preferiu voltar para o quarto.

Ainda conseguiu ouvir sua mãe dizendo baixinho, antes de bater à porta:

— Isso é para o seu bem, filho. Nesse mundo aqui a gente precisa ter dinheiro. Um dia eu garanto que você vai entender.

Biel hesitou durante um tempo, mas decidiu pegar seu caderno e escrever aquela frase dita no início da conversa com seu pai.

"É preciso ter sorte pra ficar rico fazendo o que se ama".

Deitou na cama sentindo-se angustiado por não ter tanta convicção das suas escolhas e, ao mesmo tempo, frustrado por não conseguir rebater os argumentos dos seus pais. O medo e a dúvida estavam maiores a cada dia, e caso ele recebesse mais uma nota baixa em redação, não teria outra alternativa além de obedecer o desejo deles.

CAPÍTULO 2.

INSPIRAÇÃO VEM COM TRANSPIRAÇÃO

No outro dia, lá estava Biel na escola novamente. Agora parecia ser um pesadelo ainda maior permanecer ali sentado e parado durante a manhã inteira na sala de aula. Ele passou a se sentir culpado de olhar para o relógio desejando que as horas passassem mais depressa.

Exceto pelo fato de ele estar sentado bem próximo da sua amada, que se chamava Natália. O doce aroma que vinham dos seus cabelos lisos e castanhos era o único motivo que fazia Biel permanecer ali parado apenas admirando tamanha beleza. Mas, logo decidiu puxar qualquer tipo de assunto para tentar chamar a sua atenção:

— Oi Nati, tudo bem? Será que você teria uma caneta para me emprestar?

— Claro, eu tenho várias, então pode ficar com essa pra você.

Os dois esboçaram um leve sorriso de canto de boca e trocaram alguns olhares tímidos.

Biel nunca teve coragem de se declarar para ela. Tinha tantas preocupações na cabeça que, mergulhar em um romance naquela altura do campeonato, não era a sua prioridade.

Assim que chegou a hora do intervalo, as notas das provas de redação foram expostas no mural da turma. Biel procurou atentamente seu nome, cruzou os dedos e buscou por um dez, mas lá estava sua nota marcada em vermelho, seu texto tinha sido reprovado novamente.

Alguns amigos mais próximos já tinham "jogado a toalha" pois sabiam que acabariam indo para recuperação em diversas disciplinas e, por isso, passavam direto pelo mural, sem perder tempo olhando suas notas na lista. Em poucos minutos, as quadras esportivas do ginásio da escola já estavam tomadas pelos alunos.

Naquele curto intervalo, Biel sentia-se meio desolado e sem esperança com a sua escrita. Porém, ao olhar de cima da arquibancada, ele reparou algo interessante: Tanto os seus colegas quanto ele mesmo ficavam bem mais felizes e alegres jogando futebol. Por um momento, todos esqueciam completamente os problemas do boletim. Naquele instante, era muito nítido que ninguém queria que os ponteiros do relógio passassem mais rápido. Pelo contrário, todos desejavam que o tempo parasse para que eles pudessem aproveitar ao máximo aquele breve período.

Biel logo lembrou-se do ensinamento da sua irmã no dia anterior e pensou:

Talvez o meu caminho seja me profissionalizar em algum esporte, eu gosto tanto de jogar futebol que poderia fazer isso por horas sem reclamar. Já sei! Quero ser um grande atleta!

Voltou para sala recarregado, parecia que as lições aprendidas começavam a iluminar sua cabeça. Ele já não conseguia mais prestar atenção nas aulas dos professores, porque sua imaginação voava para bem longe.

Começou a imaginar como seria lindo poder jogar futebol todos os dias, divertir-se com seus colegas de time e não precisar mais prestar vestibular.

Assim que o sinal da escola tocou, Biel decidiu visitar a sede do maior clube da sua região. Ele precisava perguntar a algum atleta profissional sobre a vida que eles tinham. Em seguida, foi até o centro de treinamento do Esporte Clube Bahia, que era próximo da sua escola, acompanhado por Rafael.

Ao chegar na frente da sede do clube, ambos foram barrados pois não tinham autorização para entrar. Biel ficou tão inconformado que, imediatamente, inventou uma bela mentira, determinado a passar pelos portões.

— Hoje é o dia da seletiva com jovens jogadores, então por favor deixem a gente entrar logo para não perdermos o teste que acontecerá daqui a pouco. Nós fomos convocados a participar.

A verdade é que Biel não tinha se inscrito em seletiva alguma, mas espertamente coletou essa informação no site do clube, já prevendo um possível obstáculo na entrada.

— Infelizmente, a seletiva é só daqui a quatro horas, jovens. Vocês chegaram muito cedo e eu não posso permitir a entrada enquanto não encontrar o nome de vocês na lista de inscritos.

Biel piscou para Rafael e juntos saíram de perto da portaria.

— Vou chamar o Uber para a gente ir embora daqui, nosso nome não está na lista e não temos como entrar — falou Rafael em tom pessimista.

— Nada disso, você quis me acompanhar até aqui, agora vamos até o final. Nós vamos entrar sim, eu preciso conversar com um jogador para me ajudar a decidir meu futuro profissional.

Biel mostrou que havia um estacionamento do outro lado, onde o portão automático ficava alguns segundos abertos toda vez que entrava ou saía um carro. Ambos se aproximaram do portão e assim que um carro preto adentrou, Biel disparou logo atrás do carro e fez um gesto com o braço para o seu fiel escudeiro acompanhá-lo.

A demora de Rafael em segui-lo custou um leve rasgo na manga do seu uniforme, que ficou preso no ferro do portão quando estava se fechando.

Ao se dirigirem no interior do centro de treinamento, aproveitaram que tudo parecia muito vazio para pularem um pequeno alambrado, e atravessaram escondidos os quatro campos de futebol com grama sintética, que lembravam imensos tapetes verdes. Quando chegaram próximo a moderna academia toda pintada de vermelho, azul e branco, rodeada por grandes troféus, finalmente encontraram os jogadores profissionais encerrando seus exercícios.

Após poucos minutos, os atletas individualmente se dirigiam até seus carros para almoçarem em suas casas. Biel, então, tentou chamar atenção de um deles que tanto admirava.

— Ei, Robert!! Robert!! Por favor, posso trocar uma ideia com você? Eu juro que é rápido.

Robert já era um jogador veterano, estava quase careca por conta dos seus quarenta anos, e aquela seria a sua última temporada antes de se aposentar. Possuía uma carreira de muito sucesso e sabia bem como lidar com os torcedores.

Ele respondeu:

— Claro, meu irmãozinho! Eu posso ficar cinco minutos com você enquanto espero o motorista trazer meu carro. Como posso te ajudar?

— Maravilha! Valeu mesmo, Robert! Então, eu queria dizer que eu tenho muito prazer em jogar futebol e ficaria horas treinando se fosse preciso, porque me divirto demais. Estou pensando em seguir a carreira de atleta profissional, o que você acha?

Robert esboçou um leve sorriso e falou:

— Irmãozinho, te desejo boa sorte. Mas não é tão simples assim. Como você se enxerga daqui a quinze anos? Será que você ainda gostaria de continuar treinando de segunda à sexta e competir quase todos os finais de semana enquanto seus amigos estão se divertindo por aí? E como você reagiria em relação a pressão dos torcedores que invadem sua privacidade e chegam a te ofender quando você não joga bem?

Biel ficou em silêncio durante um tempo, se sentiu um pouco constrangido com a resposta que tinha acabado de ouvir, até que finalmente comentou:

— Não sei nem o que dizer... Na verdade, não tinha pensado em nada disso. Acho que foquei somente na parte legal da profissão. Eu não reparei que tinham outros pontos que envolvem uma decisão dessa.

— Preste atenção. Se você sente que esse é o seu sonho de vida, vá em frente. Mas, é bom saber que existem muitos desafios e obstáculos no caminho. Por outro lado, as recompensas das conquistas são grandes também, entende o que quero dizer? Agora eu preciso ir, vou almoçar rápido porque daqui a pouco vou ter um treino físico bem desgastante — despediu-se Robert rindo enquanto entrava na sua linda Mercedes azul conversível.

Mesmo sendo consolado pelo seu fiel amigo, Biel voltou bem abatido, e só queria chegar logo em casa para se trancar no quarto. Era o segundo dia seguido que ele subia a ladeira com pensamentos confusos e negativos.

Com a cabeça baixa e olhando fixamente para o chão do passeio, observou as pedras portuguesas que formavam um desenho de ondas do mar com as cores azuis e brancas, e acabou se distraindo sem reparar na aproximação de um carro que subia em alta velocidade. Biel quase morreu de susto após uma buzinada zunir no seu ouvido esquerdo.

Apesar da ladeira ser bem larga com duas vias para carros, Biel tratou de olhar para frente com mais atenção e percebeu que o chão naquele horário ardia tanto que era possível ver a sua frente, no horizonte, o calor saindo do asfalto e formando uma distorção na imagem, como se estivesse vendo uma miragem do deserto.

Ele morava em um bairro de classe média com nome indígena, chamado Pituba. Era uma zona residencial com muitos prédios e algumas casas, mas sempre naquele horário de início da tarde as ruas ficavam bem vazias.

Em poucos segundos, Biel já estava novamente mergulhado em seus próprios pensamentos e falando em voz alta:

— Eu fui muito ingênuo! Não basta gostar somente da parte boa do seu trabalho, é preciso amar e ter a coragem de viver tanto os pontos positivos quanto os negativos das nossas escolhas — lamentou consigo mesmo.

Biel concluiu então que jogar futebol sendo somente um hobby com seus amigos é muito mais divertido do que precisar trabalhar e viver em função disso.

E ficou claro para ele que jamais gostaria de ser obrigado a abrir mão da sua liberdade para ter que ficar competindo durante anos ou aturar a ofensa de torcedores mal-educados. Ele realmente não se imaginava vivendo dessa forma em uma carreira de jogador.

Era óbvio que cedo ou tarde o seu desejo inicial certamente acabaria virando um fardo, um grande peso que faria o prazer de jogar futebol desaparecer.

Ao deitar-se em sua cama, olhando para o teto, Biel respirou fundo...

Pelo menos naquele momento sentiu-se um pouco mais aliviado, porque percebeu que houve um avanço em sua busca.

Compreendia que o "não" fazia parte da caminhada até chegar ao "sim".

Ele estava cada vez mais perto de descobrir suas vocações pessoais para realizar seus sonhos e ser feliz. Biel sabia da importância de reconhecer e celebrar os pequenos progressos na vida.

No dia seguinte, decidiu acordar cedo.

Não era de costume fazer isso aos finais de semana. Mas, os raios de sol já batiam forte em sua janela. E como um bom leonino, ele tinha uma ligação especial com o astro rei. Dias ensolarados eram sinônimo de dias alegres.

Pulou da cama e foi para sala onde seu pai estava lendo jornal.

— Bom dia, pai.

— Bom dia, filho. Seu café da manhã está na mesa, eu já comi.

— Obrigado, pai, vou comer já já. Queria te dizer que eu fui lá no centro de treinamento do Bahia ontem.

— O que você foi fazer lá?

— Queria saber como era a carreira de um atleta profissional.

Biel se surpreendeu ao ver seu pai olhando-o por cima dos óculos, como se tivesse conseguido fisgar sua atenção. Observou-o guardando lentamente seu tablet na estante da sala.

— E o que você aprendeu?

— Um jogador experiente falou para eu seguir meu sonho, se for isso que eu realmente quero. Falou que as recompensas são grandes para quem insiste e corre atrás. Mas, também alertou que existem várias batalhas e desafios durante o caminho.

— Pois é, isso é verdade. Mas, em nossa sociedade, algumas profissões são bem mais desvalorizadas do que outras.

O comentário deixou-o confuso sem saber se seu pai estava concordando ou não com a opinião do jogador.

— Pai, sem querer brigar, mas eu fiquei refletindo sobre o que você falou dos jornalistas ricos serem poucos e sortudos. E depois de ouvir o que o jogador Robert falou, eu reparei que, talvez, o que você tenha chamado de "sorte" era, na verdade, a capacidade desses poucos jornalistas de persistirem em seus sonhos e superarem os desafios até colherem suas recompensas, não acha?

— Huuuum, bem, é mais ou menos isso — respondeu o pai meio pensativo.

— Então eu acho que vou substituir a palavra "sorte" por "determinação" no meu caderno. A lição que eu vou reescrever é:

"É preciso ter determinação para enriquecer fazendo o que se ama."

Ao terminar de escrever a frase, Biel fez questão de colocar dois asteriscos na palavra: *Determinação*. Era só uma forma dele lembrar sempre que um pouco de sorte também não faz mal para quem é determinado.

Quando a conversa parecia morrer entre eles, veio sua mãe bem agitada, pulando e cantando alto:

— O dia está lindo hoje! Quem aqui topa uma corridinha?!

— Mãe, você sempre gosta de fazer atividade física de manhã, né? — enfatizou Biel com olhar de admiração.

— Sim! Você sabe que eu amo começar o dia movimentando o corpo e hoje está merecendo uma corrida para queimar as calorias. Vamos nessa?

O Mensageiro

— Mãe, você seguiu seu coração quando escolheu se formar em educação física? Tem tudo a ver com você.

— Naquela época sim, pois era a minha grande paixão na vida, mas acho que hoje, se eu voltasse no tempo, teria escolhido outra coisa! É difícil ganhar dinheiro na minha área, por isso optei por mudar de profissão — justificou sua mãe, desviando novamente o olhar para baixo como se estivesse envergonhada.

— Mas você chegou a dar aulas para seus alunos na academia, não foi? Como você se sentia fazendo isso? — insistiu Biel, tentando investigar mais profundamente as decisões de sua mãe.

— Ah, era incrível! Eu fui muito feliz! Os meus alunos me amavam porque eu sabia motivá-los a treinar duro! Colocava todo mundo para correr e suar.

Biel notou que, enquanto sua mãe se lembrava dessas recordações, seus olhos verdes brilhavam como esmeraldas, e o sorriso logo aparecia.

— Já pensou em tentar novamente, mãe? E se agora você tentasse com mais garra e persistisse até conquistar as grandes recompensas que valeriam a pena todo seu esforço?

— Talvez, filho, mas acho que já estou velha para tentar de novo.

— Biel, você continua sonhador demais, mas na prática as coisas não funcionam desse jeito! Um dia você vai aprender — o pai entrou na conversa deles, finalizando o assunto.

— Por que não funcionam, pai?

— Porque não.

— Tudo bem, eu só queria ajudar. Respondeu Biel, afastando-se.

Ao pegar seu café da manhã e levar para o quarto, Biel abriu novamente seu caderno. Precisava escrever o que tinha aprendido naquela conversa.

Seu pai e sua mãe tinham escolhido no início das suas vidas aquilo que fazia o coração deles bater mais forte. Ambos

OS 2 GUARDIÕES DA RAINHA DA FLORESTA **29**

foram corajosos de seguir em direção aos seus sonhos. Seu pai para o jornalismo e sua mãe para a educação física.

Mas, infelizmente, o que aconteceu foi que os dois se frustraram quando se depararam com as primeiras dificuldades. Eles sentiram o peso das batalhas, tiveram medo e desistiram dos seus sonhos.

Biel percebeu que, quando eles decidiram mudar o rumo das suas carreiras para focar no que poderia dar mais dinheiro, a alegria deles foi diminuindo.

E depois foram se enganando, acomodando, criando justificativas e convencendo-se das suas próprias mentiras.

Então, aquilo que sua irmã tinha dito anteriormente fazia cada vez mais sentido. De fato, a grande maioria das pessoas vivem infelizes e iludidas com seu trabalho.

Mas, ao mesmo tempo, Biel reparou em uma grande contradição:

O fato de seus pais terem focado no dinheiro, não significou que eles conseguiram atingir esse objetivo. Pois, dentro de casa, eles enfrentavam várias dificuldades financeiras.

Biel acreditava profundamente que se eles tivessem tido um pouco mais de determinação e coragem, provavelmente eles teriam criado uma vida de abundância e prosperidade sem deixar de fazer o que amavam.

Inevitavelmente, cedo ou tarde, eles colheriam as boas recompensas pelos seus esforços! Como bem disse o famoso jogador Robert.

Era como se existisse no Universo uma lei de causa e efeito, onde tudo o que nós plantamos na vida, inevitavelmente colheremos em algum dia.

Biel começava a entender melhor como os mistérios do mundo funcionavam.

CAPÍTULO 3

DONS E TALENTOS

Biel decidiu sair de casa para relaxar, era bom aproveitar aquele dia sem aulas para pensar na vida com mais tranquilidade.

Ele foi até um famoso ponto turístico da sua cidade: a paradisíaca praia da Barra que, como sempre, estava lotada de banhistas. Resolveu subir até o topo do morro por uma pequena trilha de pedras para ficar mais isolado, enquanto, com os pés na terra, refrescava-se com a suave brisa do mar.

Fechou os olhos e começou a imaginar como seriam os próximos anos da sua vida. Às vezes, ele tinha um senso de grandeza que lhe gerava um sentimento forte de que um dia iria fazer a diferença no mundo.

Mas, justamente por desde pequeno ter esse perfil de pensar grande e querer impactar a sociedade, muitos falavam que Biel era um sonhador.

Ele sempre achou que sonhar fosse algo bom, mas quando as pessoas apontavam o dedo para julgá-lo assim, ficava com a impressão de que ser um sonhador era ruim.

Com o tempo ele foi compreendendo que algumas pessoas talvez estivessem um pouco amarguradas e pessimistas com a vida por não terem realizado seus sonhos. E, por isso, não gostavam de ficar perto de sonhadores. Talvez elas quisessem só eliminar a parte "sonhadora" que ainda habitava dentro delas, com medo de se machucarem novamente...

— É parecido com o que eu faço com as provas de redação. Tento calar essa voz interna que insiste em me relembrar que a escrita vai me abrir um grande portal. Porque, assim, eu paro de me frustrar toda vez que recebo uma nota baixa e aceito, de uma vez por todas, que sou mesmo um mero sonhador, iludido na minha própria fantasia — concluiu Biel desanimado.

Em seguida, Biel imaginou o que aconteceria se ele ficasse velho e não conseguisse realizar todos os sonhos que sempre imaginou. Ou seja, não viajaria por todos os continentes, não trabalharia com o que ama, não ficaria rico, não impactaria a vida das pessoas e nem mudaria o mundo...

Provavelmente, ele também se tornaria um velho amargurado e iria alertar aos outros jovens sonhadores que esse era um caminho de decepções e sofrimento.

O sol estava começando a dar lugar a algumas nuvens mais pesadas, o tempo parecia que ia mudar rápido. Biel desceu o morro e foi se aproximando de um coqueiro para se proteger em caso de chuva.

Ao chegar lá, reparou que havia um senhor bem idoso, com os olhos levemente puxados e um rosto bem redondo. Ele tinha barba branca e um curto cabelo preto muito liso. Estava sentado em posição de lótus como se estivesse meditando.

Biel então se aproximou com cautela para não assustá-lo, mas de repente ouviu a voz do velho.

— Demorou, Biel, demorou mas chegou!

Biel se assustou e quase foi embora por impulso. Olhou para todos os lados para ver se tinha mais alguém por perto que poderia ter o mesmo nome dele. Mas percebeu que estava sozinho e resolveu se aproximar mais do velho ancião.

— Perdão, Senhor, mas eu não te conheço. Como sabe o meu nome?

— Isso faz diferença? Temos pouco tempo, preste bem atenção. O que importa é que você precisa seguir os sinais. Esteja atento ao que a vida tenta lhe ensinar. Pare de ficar sempre buscando a resposta nos outros. Cada um cria a sua realidade de acordo com a lente que usa na vida: Sonhadores vivem os sonhos, guerreiros vivem as guerras, artistas vivem a arte.

Houve uma pausa demorada.

— Coloque um sorriso nessa sua expressão abatida e pare de levar tão a sério a opinião dos outros sobre você. Lembre-se que de cara feia você não vai conseguir resolver seus problemas. As pessoas se esquecem que, para chegar mais longe, elas precisam estar leves. E para ser leve, é preciso achar graça até nas horas difíceis. O mundo precisa de pessoas que saibam rir dos seus próprios dramas. Encare a vida com descontração e irreverência. Às vezes, experimente adotar uma postura de palhaço e faça piada de si mesmo.

— Mas eu não quero parecer bobo, muito menos palhaço. Eu estou me tornando um adulto e adultos são sérios e resolvem seus problemas com maturidade! — retrucou Biel com desconfiança.

— É por isso que os adultos são infelizes. Perderam seu estado de graça. A graça é uma bênção. Quanto mais rimos da vida, mais forte estamos para enfrentá-la. Se ficamos sérios demais, perdemos a capacidade de sorrir e se divertir com tudo e com todos. Azar daquele que pensa que para ser maduro precisa fingir ser sério o tempo todo.

Biel não sabia o que dizer. Nunca tinha pensado naquilo que acabara de ouvir. Preferiu se manter calado, pois o velho demonstrava ter muita sabedoria e era animador ouvir que poderia continuar com sua alegria de criança, mesmo tornando-se adulto.

O ancião levantou o dedo para cima e falou lentamente:

— Você está prestes a viver uma grande aventura. Será destinado a uma grande missão que vai mudar o percurso da sua vida e da humanidade. Mas você vai precisar ter fé e demonstrar para o Universo o quanto você tem coragem de seguir o seu coração.

E antes que Biel pudesse responder qualquer coisa, o velho faz um sinal fechando a palma da mão como se dissesse:

— Agora vá, você já ouviu o que precisava.

Biel voltou para casa rapidamente. Dessa vez, estava radiante. De alguma forma, na vida dele rolavam pequenos eventos mágicos com uma certa frequência.

OS 2 GUARDIÕES DA RAINHA DA FLORESTA

Ele recebia mensagens, como essa do velho. Eram orientações profundas que pareciam vir do além e serem endereçadas a ele em momentos específicos da sua vida, como, por exemplo, nas páginas de um livro que caia aberto da prateleira, em uma música que começava a tocar aleatoriamente, ou até em ver constantemente números repetidos quando ele buscava uma resposta para seus dilemas.

Talvez esses fossem os sinais que o velho tinha dito.

— Ficarei mais atento agora — declarou Biel.

E não demorou muito, chegou em casa e foi logo anotar em seu caderno a importância de estar atento aos sinais, que, para ele, poderia ser qualquer coisa que trouxesse uma pista para qual direção seguir.

Como ele sabia que teria prova na segunda-feira, resolveu dormir mais cedo para estudar durante o dia inteiro no domingo. Mas antes de pegar no sono, olhou para lua cheia na janela e fez um pedido:

— Por favor, Universo, permita-me viver essa grande aventura na vida, algo que me faça resgatar minha alegria de viver e aquela vontade de mudar o mundo enquanto realizo os meus sonhos. Traga mais clareza para eu seguir o caminho do meu coração e ser feliz.

E repetiu três vezes:

— Está feito, está feito, está feito!

Biel dormiu profundamente naquela noite.

Quando o alarme disparou pela manhã, ele sabia que seria um domingo bem cansativo de estudos, pois nas matérias de exatas ele tinha enorme dificuldade. Sempre ficava com a sensação de que não deveriam obrigar os jovens a se aprofundarem em temas que não despertam seus interesses.

Mas, como Biel se sentia impotente para mudar a situação naquele momento, nem saiu da cama e já foi abrindo o seu livro de estudo.

Começou a resolver questões, uma atrás da outra. Como era de costume, ele errava as primeiras até que finalmente com a repetição ia entendendo melhor aquelas fórmulas e símbolos estranhos.

Após muitas horas fazendo exercícios, emperrou em um tema bem específico. Não entrava na sua cabeça as tais "funções matemáticas" e precisou recorrer à internet para assistir uma aula online.

Após ver vários vídeos sobre o tema, Biel fez uma pausa para lanchar. Enquanto comia pão de queijo acompanhado de uma gelada limonada, pensava na conversa com o ancião no dia anterior.

Por um momento, começou a duvidar se aquele idoso não era só um louco na rua que devia ter ouvido o seu nome algum outro dia, quando estava na praia com seus amigos.

E justamente nessa hora, enquanto desacreditava sobre a mensagem do velho, um novo vídeo apareceu na tela do seu computador.

Biel não tinha apertado nenhuma tecla, mas o vídeo iniciou automaticamente. Ele assistiu a uma mulher misteriosa aparecer e perguntar:

— Sabe qual é o segredo das pessoas mais bem-sucedidas no mundo?

A pergunta interessou Biel, que logo pensou: —Lá vem esse algoritmo da rede social que registra tudo o que está acontecendo na minha vida e me manda exatamente conteúdos que eu tenho mais curiosidade!

E a mulher então começou a compartilhar seus conhecimentos:

— Realizamos um estudo para identificar os profissionais de maior sucesso em suas áreas e tentamos encontrar algum padrão daqueles que mais se destacam e realizam grandes feitos.

E prosseguiu com um breve discurso:

— Bem, percebemos que em várias esferas profissionais, como por exemplo, esportes, empreendedorismo, entretenimento ou política, desde Will Smith, Paulo Coelho, Nelson

Mandela, Oprah, The Beatles e Marta, todos eles eram guiados por um propósito.

Eles sentiam dentro deles que possuíam dons e talentos para contribuir com o mundo e assim encontraram suas razões de viver. Eles sabiam que suas vocações não eram para atender os seus próprios desejos, mas para servir aos outros também.

Ou seja, o melhor médico não é aquele que se autocura, mas que ajuda na cura dos outros. O melhor cantor não se limita a cantar para si mesmo, mas usa sua voz para inspirar as multidões. O melhor mestre é aquele que contribui na jornada dos seus discípulos, e etc.

E em seguida, ela apresentou a conclusão dos estudos:

— Podemos afirmar então que todos eles tinham em comum o fato de terem explorado seus maiores talentos. E após descobrirem quais eram suas artes internas, as usaram para servir ao outro.

Sim, isso mesmo que você ouviu. Eles não correram atrás do dinheiro ou sucesso, eles simplesmente reconheceram quais eram suas vocações, seus talentos, habilidades e investiram nisso. Como consequência, acabaram atraindo muito dinheiro e sucesso para suas vidas.

Biel não piscava o olho e tentava anotar tudo, mas depois largou a caneta e preferiu se concentrar ao máximo em ouvir cada palavra para captar a mensagem. A mulher continuou:

— Seja na arte da comunicação, da escrita, da liderança, no esporte… Eles identificaram seus pontos fortes e potencializaram suas habilidades. Então, o segredo para ter uma vida com grandes realizações é você saber no que você é bom. Caso não saiba, basta identificar o que você sempre gostou muito de fazer, inclusive na infância, e que geralmente as pessoas dizem que você "manda bem".

A mulher fez uma breve pausa e retomou, finalizando a lição:

— É um importante exercício descobrir quais são seus talentos e pontos fortes para que possa potencializá-los cada vez mais. Assim, você vai descobrir facilmente o que lhe dá prazer e isso te fará brilhar! Porque, quando fazemos aquilo em que somos bons e gostamos de verdade, fazemos com amor. E ninguém supera uma pessoa que trabalha com o que ama. Elas são mais felizes. E pessoas felizes fazem as coisas com excelência. Por fim, a excelência, que está diretamente ligada ao capricho nos detalhes, será notada. É daí que vem o sucesso: A combinação de riqueza, felicidade e propósito.

Biel ficou alguns segundos em estado de êxtase.

— UAU! É isso! Talvez não tenha sido o algoritmo da rede social, mas sim o Universo que fez questão de me mostrar um grande sinal — comemorou Biel com lágrimas de esperança nos olhos.

Imediatamente, ele pegou novamente seu caderno e releu a lição que o jogador Robert tinha dito sobre fazer o que dá prazer. O jogador estava mesmo coberto de razão, e agora ele entendia que, se tivesse muito amor naquele trabalho, as batalhas da vida que Robért tinha alertado serviriam como tijolos na construção da ponte para os seus sonhos.

Decidiu então escrever o novo aprendizado com suas próprias palavras:

"Quando descobrimos aquilo que amamos e combinamos com os nossos maiores talentos, conquistamos a verdadeira riqueza e felicidade. Pessoas felizes sentem que são guiadas por um propósito maior e estão à serviço do mundo com seus dons".

Biel não conseguia mais voltar a estudar. Estava eufórico! Agora, sentia muito próximo de encontrar aquilo que queria pra vida. Começou a listar no papel tudo que amava fazer:

"Eu amo ir à praia, conversar com as pessoas, praticar esportes, ver filmes, ler livros, degustar comidas, explorar mistérios..."

A lista era bem grande. Inclusive, maior do que ele tinha imaginado.

Então, decidiu ir para a segunda pergunta: Quais eram seus talentos? Qual seria a sua arte?

Nessa pergunta, Biel simplesmente travou. Achou estranho o fato de nunca ter se perguntado isso desde que nasceu. Ele não deveria ter essa resposta na ponta da língua? Bom, a escola nunca lhe ensinou isso. Então, ele teria que descobrir por conta própria.

Até chegou a anotar a seguinte frase:

"Sou bom em escrever, tenho talento para isso". Mas depois lembrou das suas notas baixas nas provas de redação e preferiu apagar.

— Enfim, depois eu penso sobre meus talentos. Agora preciso retomar os estudos. Não posso fracassar amanhã na prova de matemática — pensou Biel.

CAPÍTULO 4

O DESAFIO DA ESCOLA

Chegou a temida segunda-feira e Biel acordou uma hora antes do que de costume. Ele estava tão preocupado com a prova que preferiu fazer mais exercícios para fixar os conteúdos na cabeça. Como último recurso, decidiu anotar algumas fórmulas em seus dedos e saiu para a escola.

Chegando no pátio do colégio, encontrou todos os seus colegas desesperados reunidos compartilhando o que tinham estudado. Ele preferiu não participar daquela conversa, porque isso o deixava mais ansioso ainda, com a sensação de que não sabia nada dos assuntos.

Decidiu entrar imediatamente na sala e torcer para que as questões fossem parecidas com os exercícios treinados exaustivamente.

Duas horas depois de muita tensão, finalmente terminou sua prova e saiu da sala para pegar um ar fresco.

Reparou em uma cena inusitada: De um lado, estavam algumas colegas consideradas as mais inteligentes da turma chorando por terem ido mal na prova. Do outro, estavam seus amigos do "fundão da sala" rindo porque entregaram a prova completamente em branco.

Biel achava engraçado ver como cada grupo reagia diferente à mesma situação. E, de certa forma, ele conectava-se com as duas realidades distintas. Um lado seu queria jogar tudo para o alto e parar de ser visto só como um número entre os milhares de candidatos ao vestibular. Mas, ao mesmo tempo, também sentia o peso de não querer desapontar seus pais e perder a oportunidade de entrar em uma boa universidade.

Naquele momento surgiu um pensamento na sua cabeça sobre seus talentos inatos:

Eu sou bom em me conectar com diferentes tipos de pessoas!

Biel reparou que era amigo tanto da galera da bagunça do fundão, como dos "nerds" que sentavam na primeira fileira. De alguma forma, ele transitava bem nas duas bolhas e tinha facilidade de se comunicar com todos.

Anotou isso rapidamente em seu caderno para não esquecer, enquanto o sino tocava para voltar à cela, ou melhor, à sala de aula.

Aproveitou aquele curto intervalo para repetir um estranho hábito que havia criado desde o início do ano: Deixar alguns dos seus textos escritos em folhas de ofício espalhados pelo colégio, mas sem revelar seu verdadeiro nome.

Ele adorava ser lido pelos outros e, às vezes, tinha a sorte de observar à distância a reação de algumas pessoas ao encontrarem suas histórias nas folhas de papel.

Ao se dirigir até a sua cadeira acolchoada no meio da sala, percebia que o clima sempre ficava mais pesado após a prova. O ambiente tornava-se mais silencioso e o ar de desânimo tomava conta de todos.

O ano já estava acabando, faltava pouco menos de dois meses para o vestibular e o cansaço já se fazia presente no rosto dos alunos.

De repente, o professor interrompeu o silêncio e fez um temido comunicado:

— Turma, acabei de receber um aviso da direção: O edital de inscrição para o vestibular abriu! É hora de vocês escolherem o curso que querem seguir. São poucos dias de inscrições abertas. Quem ainda não tomou a sua decisão, se apresse logo antes que seja tarde.

Biel ficou paralisado. Estava tão focado em descobrir seus talentos que esqueceu de tomar uma decisão final sobre seu futuro profissional.

Sabia que precisaria ouvir a sua intuição e deveria confiar na sua própria sabedoria para fazer uma escolha. Mas, ao mesmo tempo, acreditava que algumas pessoas certas poderiam trazer os sinais que ele precisava em forma de palavras.

Decidiu consultar a sua irmã novamente ao voltar para casa:

— Lalá, como posso tomar uma decisão, se ainda não sei o que eu quero para minha vida?

Laura respondeu:

— Bem, talvez você já saiba o que você não quer.

Biel percebeu que havia uma verdade naquelas palavras. Ele sabia coisas que não gostaria de fazer de jeito nenhum.

— Essa foi uma boa dica, irmã. Posso eliminar tudo aquilo que eu não quero. Mas ainda continuo confuso em ter certeza do que eu quero.

Laura rebateu:

— Essa é uma resposta que eu não posso te dar, só você vai saber responder. Mas, posso afirmar que a sua decisão hoje não precisa ser a mesma de amanhã. Se você não acertar de primeira, sempre haverá uma nova chance.

Após uma breve pausa, Laura continuou:

— Inclusive, não te falei da novidade, né? Estou saindo do meu trabalho. Não vou mais trabalhar como engenheira, comecei a fazer uma transição de carreira para me tornar terapeuta holística.

— Não acredito! Nossa! Que mudança radical. Meus parabéns, irmã! Fico feliz que você teve coragem pra fazer esse movimento. Então, você finalmente parou de acreditar na sua mentira, né? — falou Biel muito orgulhoso.

— Exatamente! Eu juro por Deus que te devo essa! Logo depois da nossa conversa, eu comecei a me questionar sobre o que me faria levantar da minha cama cedo, ir com meus pés para um lugar que não quero ir, fazer o que eu não gosto de fazer, e encontrar pessoas que não estou a fim de encontrar. E foi aí que percebi que eu não poderia mais continuar

OS 2 GUARDIÕES DA RAINHA DA FLORESTA 41

me enganando. A vida é muito curta para a gente desperdiçá-la fazendo o que não ama. Eu senti um chamado interno forte de querer ajudar as pessoas.

Eles se abraçaram e Biel comentou:

— E assim será, irmã! Você vai ajudar muitas pessoas! Inclusive, já me sinto muito melhor e mais aliviado por você ter me dito que sempre haverá uma nova chance de acertar.

Biel então se dirigiu até o quarto dos seus pais. Bateu na porta com cuidado três vezes e, com o coração saindo pela boca, falou rapidamente:

— Então, chegou a hora de tomar a minha decisão do curso que eu vou prestar no vestibular. Vou levar em consideração tudo o que vocês me disseram nos últimos dias e finalmente fazer a minha escolha, certo?

Seus pais abriram a porta lentamente com expressões sérias no rosto.

— Por favor, eu só te peço que não nos decepcione — implorou sua mãe.

— Seja um bom garoto e ouça a voz da nossa experiência para você não quebrar a cara lá na frente — enfatizou seu pai.

Biel acenou positivamente com a cabeça e se retirou sem falar mais nada. Ele já tinha internalizado que estava tudo bem se não acertasse de primeira o curso para fazer vestibular, pois ainda era bem novo e poderia tentar novamente depois.

Fechou os olhos em silêncio durante alguns minutos e relembrou aquela sua grande vontade de mudar o mundo.

Já tinha assistido a muitos filmes que mostravam como os advogados compreendiam bem as leis. Então, ele logo concluiu que, se soubesse melhor sobre todas as leis, talvez fosse capaz de mudá-las e, consequentemente, acabaria também mudando o próprio mundo.

Abriu seu computador, entrou no site do Ministério da Educação e se inscreveu para o exame nacional. Biel decidiu prestar vestibular para Direito.

Após finalizar sua inscrição, percebeu que seu coração não batia forte, era indiferente. Ele não carregava mais o peso daquela decisão após sentir a leveza de poder errar e arriscar infinitas possibilidades durante sua vida.

Mas, também reparou que seu olho não estava brilhando, e não parecia ter sido guiado pela sua intuição.

— Acho que eu fui meio impulsivo, mas agora é a escolha que me parece mais certa — pensou Biel em voz alta.

Ficou pensativo durante horas, só que estranhamente se sentia menos desconfortável por saber que praticamente todos os seus colegas de sala também estavam na mesma situação. Pouquíssimos alunos tinham realmente convicção das suas escolhas.

Decidiu fazer uma trilha em um parque perto da sua casa para ficar sozinho, pois amanhã seria um novo dia. E agora, estava mais leve para pensar no seu futuro com menos cobranças externas.

No dia seguinte, começou a reparar que o clima nas aulas estava pesado. Depois que o período de inscrição do vestibular tinha iniciado, parecia que todos os alunos já tinham se arrependido das suas decisões ou não faziam ideia das suas escolhas.

De repente, apareceram as autoridades do colégio. Entraram na sala os coordenadores juntamente com a diretora da escola.

— A casa caiu! Não deve ser coisa boa — pensou Biel, lembrando-se das raras vezes que aquela cena já tinha se repetido durante o ano.

— Silêncio! Silêncio! Quero que vocês tenham muita atenção, porque vamos anunciar uma grande surpresa para a reta final do ano — gritou a diretora do colégio.

— Atenção! Nós criamos um desafio inédito na escola para estimulá-los a ter um melhor rendimento no vestibular e mais aprovações. Vamos dar uma premiação para os melhores alunos!

Um ruído começava a crescer na sala, os alunos cochichavam tentando adivinhar o que poderia ser o desafio e a premiação.

OS 2 GUARDIÕES DA RAINHA DA FLORESTA **43**

— O desafio será o seguinte: Como vocês devem saber, no dia 05 de setembro comemora-se o dia da Amazônia! E suspeitamos que, pelo fato do vestibular cair nessa data esse ano, é provável que apareçam algumas questões sobre a Floresta Amazônica! A gente já sabe que essa prova exige que vocês tenham conhecimentos gerais sobre as disciplinas tradicionais e, também, uma visão crítica sobre o meio ambiente em que vivemos. Então, como queremos que vocês estejam bem preparados para esse grande dia que se aproxima, decidimos unir o útil ao agradável e premiar os melhores alunos de cada matéria com uma viagem!

— De quais matérias especificamente? E para onde será a viagem exatamente? — perguntou Biel.

— Matemática, Química, Física, Biologia, Geografia, História, Português e Redação serão as disciplinas escolhidas para participar do desafio. Os oito melhores alunos de todas as turmas do terceirão que tirarem a maior nota em cada uma dessas matérias serão contemplados com uma viagem incrível para o coração da Floresta Amazônica! Tudo pago pela escola! Mas, lembrando que só tem direito o melhor aluno de cada disciplina.

Nessa hora, alguns alunos gritaram:

— Faltou Educação Física!

— Por que Artes não entra?

— Que absurdo! Filosofia é tão importante e não está nessa lista!

Os diretores repetiram que essa era uma forma de incentivar os alunos a focar mais nas matérias que tinham um valor maior no vestibular e fingiram-se de surdos quando os questionamentos começaram a ficar mais agressivos.

Biel sentiu sua pele arrepiar durante o anúncio da diretora. Isso era um bom sinal! Mas, sua mente já tentava sabotá-lo adivinhando quem seriam os vencedores.

Ele sentiu uma angústia no peito. Ao mesmo tempo que sempre quis conhecer a Floresta Amazônica, também não queria se decepcionar, caso não fosse um dos oito escolhidos.

Biel comentou com Rafael que estava sentado ao seu lado:

— Todo mundo sabe que o Guilherme é o melhor em matemática, o Marcelo, em química, a Maria, em biologia, a Carol, em física, o Francisco, em história, você em geografia e a Natália em português, e em redação é...

Biel ficou meio intrigado, não tinha um nome certo para dizer quem seria o vencedor em redação. Não era uma disciplina que tinha alguém que se destacava muito mais do que os outros.

Mas sabia que, pelas suas notas, ele estaria bem atrás de vários colegas.

— Não importa. Essa é a minha grande chance de viver uma aventura. Essa vaga é minha! — disse Biel com otimismo.

Voltou para casa em passos largos como se estivesse lutando contra o tempo. Apesar de os caminhos se repetirem naquela rotina diária, Biel estava completamente diferente. Cada dia era um novo desafio enfrentado. Ele havia encontrado uma motivação naquela reta final de ano. E isso era tudo o que precisava, um motivo para se sentir mais vivo e entusiasmado.

Assim que chegou em casa, contou para os seus pais a novidade. Falou que faria de tudo para conseguir uma vaga na viagem para a Amazônia.

Seus pais alertaram que não era bom ele criar tanta expectativa, porque poderia não dar certo. Mas depois o apoiaram dizendo que estariam na torcida para que ele conseguisse tirar a maior nota da turma em Redação.

E ainda fizeram questão de relembrar mais uma vez as histórias de quando Biel, ainda criança, sentava, por horas, na janela olhando para as estrelas e escrevendo sobre os mistérios do universo.

Ao entrar em seu quarto, abriu a cortina inteira para que a luz do sol se expandisse. Seus raios sempre eram generosos com o seu calor e era disso que Biel precisava para se aquecer nessa preparação.

Imediatamente pegou seu caderno e abriu na página que tinha escrito sobre os seus talentos.

Foi quando ele se lembrou da voz do ancião que dizia para ele confiar em sua sabedoria interna e parar de querer encontrar respostas nos outros. Relembrou a importante lição de que cada pessoa enxerga a vida com a lente que costuma usar.

E, nessa hora, ele reparou as marcas das palavras, quase invisíveis na folha, que ele tinha apagado anteriormente.

E falou baixinho para si mesmo:

— Eu acreditei que não tinha talento com a escrita, porque os outros disseram através de suas lentes que meus textos não eram bons o suficiente.

Biel, em um ato de confiança, decidiu reescrever com letra maiúscula em seu caderno:

"EU SOU TALENTOSO PARA ESCREVER"

Sentiu-se tão entusiasmado como se tivesse acabado de conjurar uma grande força e resgatado o seu poder pessoal.

Agora, ele estava decidido em nunca mais tentar calar aquela voz interna que sempre o cutucava avisando que a escrita lhe reservava uma grande aventura.

Biel fechou o caderno, respirou fundo e juntou todas as suas provas anteriores de Redação. Ele prometeu para si mesmo fazer uma grande imersão nos próximos dias para descobrir como poderia melhorar ao máximo suas histórias.

Era uma grande ironia, a sua escola, criar um concurso para que, no final do ano, mais alunos fossem aprovados no vestibular. Pois, dessa forma, poderia se promover em suas propagandas ao ostentar números altos de aprovações para impressionar outros pais a matricularem seus filhos no ano seguinte. E assim, atraírem novos clientes/estudantes para empresa, ou melhor, para escola.

Biel já entendia como o jogo do mercado educacional funcionava. E ele sempre contestava o fato de se sentir somente como um número e não como ser humano nesse sistema de ensino. Mas, ao mesmo tempo, ele reconheceu que criar esse desafio como uma estratégia para os alunos estudarem mais, de fato, funcionou.

Porém, o ambiente na sala foi ficando cada vez mais tenso. A atmosfera de competição piorou a relação entre os colegas. Todos queriam garantir uma vaga na viagem.

E os professores agora falavam muito sobre concorrentes. Tanto os concorrentes de outras escolas que poderiam ficar com as vagas do vestibular, quanto do colega ao lado que iria roubar a oportunidade única de viajar para a Amazônia. Ninguém queria mais colaborar ou se ajudar. Existia um receio até de tirar as dúvidas do outro colega para não ser passado para trás na competição e perder sua vaga.

Agora, estavam todos muito quietos, como robôs. Não havia espaço para falar nada além dos assuntos que seriam cobrados nas provas.

E assim foi durante as semanas seguintes...

Até que, finalmente, começaram a sair os primeiros resultados. A cada nota recebida em sala, os alunos ficavam se comparando para ver quem tinha tirado a maior nota e descobrir quem ganharia o prêmio da viagem.

Até aquele momento, a lógica estava dando praticamente o que todos já imaginavam.

Guilherme ficou com a maior nota em matemática, Marcelo, em química, Maria, em biologia e Carol em física. Surpreendentemente, a Vanessa ficou com a maior em história, e alguns disseram que ela tinha colado, mas ninguém poderia provar. O Rafael foi o melhor em geografia e a Natália, em português, de forma disparada.

Biel até ficou contente, porque acabou melhorando bastante suas notas no geral, e não tinha muita expectativa de que pudesse ficar com uma daquelas vagas nas outras disciplinas.

Mas faltava ainda uma vaga. A vaga do melhor aluno na nota de Redação. E nessa oportunidade, Biel orava todos os dias para conseguir ser escolhido. Sem esquecer uma lição que aprendeu dos seus pais desde a infância de que a palavra "oração" era a combinação de "orar" mais "ação".

Então, além de orar, ele diariamente fazia a sua parte e escrevia muitas narrativas com temas variados. Começou a ler mais livros para acumular conhecimentos que pudessem ser úteis na prova. Ele também passou a conversar com seus professores para saber em quais aspectos ele poderia melhorar.

Dessa vez, Biel estava sendo humilde para reconhecer que nenhum professor tinha o intuito de prejudicá-lo em suas correções. Então, o caminho mais certeiro era compreender o que fazia uma redação se tornar fascinante. E, assim, Biel foi praticando e aprendendo até o grande dia da prova.

CAPÍTULO 5

MANIFESTANDO SONHOS

Era uma quarta-feira. A única prova que faltava para finalizar o desafio era a de Redação.

O resultado oficial dos oito alunos que viajariam para a Floresta Amazônica sairia na manhã seguinte após esta última avaliação.

Ao entrar na sala, Biel andava com uma leve tremedeira nas pernas e, mesmo bebendo toda água da sua garrafa azul de um litro, continuava com a boca seca. Sentia um frio repentino como se tivesse caído dentro de uma geleira. Enquanto procurava uma cadeira de canhoto para caprichar na letra, lembrou-se de todas as vezes que alguém julgava a sua letra como feia, e ele rebatia imediatamente com ironia, dizendo que o mais importante era o conteúdo.

Mas, dessa vez, ele precisava garantir que seja lá quem fosse corrigir sua redação não tivesse nenhum problema em entender suas ideias, pois sabia o poder que uma boa impressão poderia causar. Aquele era o dia de prestar atenção em todos os detalhes.

Sentou e respirou fundo várias vezes para se acalmar. Manteve os olhos fechados durante dois minutos. Acessou um incomum estado de total serenidade. Ele nunca tinha sentido uma presença tão grande. Todo barulho exterior parecia não existir mais. Ele estava totalmente conectado no seu mundo interno. Abriu os olhos e a prova estava na sua mesa.

Ele sentia-se entusiasmado para a hora do show. Folheou sua prova e leu as instruções com muita concentração.

Curiosamente, para boa surpresa dos estudantes, a forma de escrever era livre buscando identificar como estava o senso crítico deles. Ou seja, a redação poderia ser em qualquer formato literário. O tema era sobre: "Os impactos e mudanças na sociedade após a Pandemia".

Cada aluno deveria compartilhar sua visão sobre quais foram suas reflexões e aprendizados após os tempos difíceis vividos na quarentena dois anos atrás.

Biel não entendeu por que eles trouxeram um tema tão doloroso do passado recente. Mas, ao mesmo tempo, sabia que tinha sido uma época de muitas transformações para todos.

Deu uma relaxada interna ao saber que, dessa vez, ele poderia escrever livremente sem precisar colocar suas ideias dentro de uma caixa com regras ou seguir um manual pré-estabelecido.

Percebeu que estava atraindo tudo aquilo que pensava de uma forma cada vez mais intensa e até mesmo assustadora. Pegou sua poderosa caneta azul da sorte e imaginou novamente como seria incrível conhecer a Floresta Amazônica. Estava na hora da sua lenda pessoal virar realidade. A escrita estava prestes a, finalmente, abrir portas para sua grande aventura.

Sentiu-se guiado por uma força do além que parecia transformá-lo em um canal do Universo que conduzia suas mãos para escrever a mensagem.

E assim as palavras começaram a riscar a folha em branco:

"Imagine uma época em que a sociedade estava perdida. Irmãos matando irmãos. Irmãs se olhando com ódio e inveja. A depressão era a doença que mais crescia no mundo. As festas viviam cheias de exageros na tentativa de preencher os vazios individuais. A violência era comum no dia a dia e as pessoas ainda criavam divisões por qualquer motivo, desde cor da pele até visão política.

É importante ressaltar que todo o planeta estava sendo destruído, as florestas estavam queimando devido ao consumismo. Muitos animais já estavam perto da extinção e a poluição se alastrava. Já não existiam muitos sonhadores, pois as pessoas estavam cegas na ilusão. Aquele velho mundo estava chegando ao fim.

Foi nesse momento que um vírus apareceu. Sem fazer gritaria, sem precisar anunciar, ele surgiu silenciosamente e foi se espalhando por todas as pessoas daquele mundo. O que muitos não sabiam é que aquele vírus carregava algo de muito valor: A Mensagem.

Ela dizia que todos nós havíamos sido convidados a finalmente trilhar o caminho do nosso coração. As cidades estavam desmoronando para termos a chance de conhecer nossos poderes pessoais. Até hoje as pessoas continuam "surtando" e o caos parece que vai dominar, pois todas nossas sombras estão vindo à tona. Mas cada pessoa está passando pelos seus processos de cura, cada uma carregando a sua cruz e lutando suas batalhas. Ao mesmo tempo, grandes decisões de vida estão sendo tomadas nesse exato momento. Os indivíduos estão seguindo a voz da intuição para viver o seu propósito de vida.

Agora, a língua mais falada do mundo é Energia. Voltamos a sentir as boas e más energias ao nosso redor. A natureza tenta pela última vez nos mostrar o caminho de volta para casa, mas continuamos desconectados dela. As estruturas estão ruindo e o velho mundo está partindo a cada dia.

A ansiedade, o medo, a violência, as doenças, os sonhos confusos, as alterações de humor, o cansaço, o choro. Todas essas sensações são oportunidades para nos fazer crescer. Devemos encarar nossas fraquezas hoje para renascermos mais fortes amanhã.

Finalmente, a pandemia só foi o primeiro sinal da luz avisando que o trem vai partir e ainda há lugares. Todos terão que embarcar nessa, alguns escolherão ir pelo Amor e outros somente com a Dor. Mas ainda veremos as cores voltando para trazer esperança e alegria às cidades cinzas. As grandes mudanças já estão bem diante dos nossos olhos. É um grande privilégio viver este despertar da *humanidade após a temida pandemia. É hora de mudar a lente que enxergamos a vida. O novo é belo. A nova era começou.*

Biel repentinamente se deu conta que parecia ter entrado em uma outra dimensão. E agora estava aos poucos voltando para a realidade.

As palavras surgiam no papel em uma velocidade que ele nunca tinha visto. E em pouco tempo, já tinha escrito o seu texto. Corrigiu cada detalhe e levantou-se otimista da sua cadeira.

Agora, o que restava para ele era entregar e confiar.

Biel saiu da sala arrepiado, com os olhos marejados e decidiu ficar sozinho próximo à biblioteca. Sentia uma sensação estranha como se já tivesse vivido aquela cena. Parecia que a voz interna que sempre o perturbava dizendo que a escrita abriria um grande portal na sua vida estivesse se materializando bem na frente dos seus olhos.

— Que loucura! Um Déjà vu. Mas eu nunca vivi isso. Pelo menos, eu acho que não — refletiu Biel em voz alta.

Depois, fez uma contagem rápida na cabeça e reparou que completaria dezoito anos exatamente no dia da viagem, caso fosse um dos selecionados.

Que bênção seria começar um novo ciclo vivendo uma grande aventura! Biel ficou imaginando tudo o que poderia explorar dentro da floresta durante alguns minutos. Seus amigos passaram correndo e comemorando que a professora tinha faltado. Eles não teriam mais aula naquele dia e todos já poderiam voltar para casa.

Biel colocou seu fone de ouvido, deu play na sua playlist favorita dos Beatles e, com a mochila nas costas, tomou rumo em direção ao seu lar, doce lar, cantando alto "Hey Jude".

Ao subir mais uma bendita vez a ladeira da sua casa, ele avistou de longe um senhor bem velho sentado no topo da ladeira que parecia ter um rosto familiar. Ao se aproximar, ele teve certeza de que conhecia aquele homem.

Era o ancião que tinha avisado anteriormente na praia sobre a grande oportunidade que surgiria na sua vida.

— Venha, Biel. Não posso ficar aqui a manhã inteira, existem outros sonhadores como você que merecem alguns bons conselhos para seguir seus corações — falou o velho sem desviar seu olhar do sol.

Biel, ainda meio receoso, sentou-se ao lado do velho em silêncio.

— Você sabe como funciona a lei da atração, meu jovem?

— Não, até já ouvi falar, mas sempre achei bobagem isso.

— Então, preste muita atenção agora, pois pouquíssimas pessoas no mundo têm consciência disso. O grande segredo já foi revelado por sábios até em letras de músicas conhecidas por vocês, mas que permanecem incompreendidas aos ouvidos dos ignorantes.

Biel olhou fixamente para o velho para entender o que ele estava tentando lhe dizer.

— Bem, é o seguinte: Você precisa querer, sinceramente, e desejar profundo… Assim você será capaz de sacudir o mundo.

Biel ouviu com muita atenção e respondeu:

— Eu tenho implorado muito ao Universo. Estou pedindo diariamente para conseguir viver uma aventura que me aproxime dos meus talentos e que me ajude a encontrar o meu propósito de vida. Todas as noites, eu tenho orado desesperadamente ao Criador, seja ele quem for, para eu ser escolhido para essa viagem na Floresta Amazônica.

O ancião parou de olhar para o sol, cruzou seu olhar com o de Biel e voltou a falar de forma bem pausada:

— Você é o criador da sua realidade! Você não deve implorar. Implorar vem de um lugar de carência, de falta. É por isso que a lei da atração não funciona para a maioria das pessoas. Você precisa sentir no coração. Expresse a sensação de como seria se você já tivesse sido escolhido para a viagem. Comemore, dance, pule, grite! Você já é o escolhido! Haja como um verdadeiro guerreiro da luz e mantenha sua fé inabalável!

OS 2 GUARDIÕES DA RAINHA DA FLORESTA

Biel imediatamente respondeu na defensiva sem acreditar muito no que tinha acabado de ouvir:

— Como assim? Eu devo comemorar antes de saber a minha nota em Redação? E se eu não tiver tirado a maior nota? Não quero me decepcionar novamente.

— Percebe como você está dando força para sua dúvida? É isso que as pessoas fazem. Elas duvidam tanto do seu merecimento que travam suas conquistas. Lembre-se de uma coisa: Nosso estado interior atrai os eventos externos que acontecem em nossas vidas. Imagine que você só precisa "blefar" ao Universo. Você comemora antes de precisar ver para crer, entende?

Retirou um aparelho bem antigo do bolso e continuou sua fala de olhos fechados:

— Tudo é vibração: O som, a luz, as cores, a sua vida. Assim como nesse rádio, por exemplo, que se você não sintonizar na frequência certa, você não vai conseguir ouvir a música que toca. É a mesma coisa que acontece no Universo: Se você não estiver sintonizado na frequência das bênçãos para recebê-las, não adianta continuar pedindo, pois elas nunca chegarão até você.

— Entendi. Realmente, isso faz sentido. Bem, então vamos testar. Eu estou aberto! Eu venci! Eu já me sinto na Amazônia! Eu vivo os meus sonhos!! Eu sou merecedor aqui e agora! — gritou Biel levantando os braços para o sol.

Ao terminar aquele gesto, olhou para frente e o velho já não estava mais ali. Ele havia sumido. Mas, deixou uma grande lição. Biel sabia que aquela mensagem tinha sido muito profunda e que ele não deveria ser teimoso a ponto de não praticar o que tinha acabado de aprender.

Foi chegando em casa com os braços abertos, agradecendo, sorrindo, comemorando a conquista da sua viagem, mesmo sem saber o resultado do desafio.

Abriu a porta como um furacão e sua energia estava tão radiante que todos perceberam que algo tinha acontecido.

54 *O Mensageiro*

— Biel, você está bem? Você recebeu alguma boa notícia hoje? — questionou sua mãe.

— Sim! Eu sou um dos vencedores do Desafio!!! Eu vou pra Amazôniaaaa!! Eu vou conhecer a maior floresta do mundo!!!

Seus pais pularam de alegria, abraçaram Biel e disseram que aquele dia merecia uma grande festa. Deveriam sair juntos para celebrar.

Biel nesse momento ficou um pouco constrangido, achou melhor comemorar sozinho e explicou que, na verdade, o resultado iria sair no dia seguinte. Mas, disse que já tinha certeza absoluta de que a redação dele seria escolhida.

Os pais ficaram bem preocupados com a explicação dele e pararam de comemorar tentando trazer uma dose de realidade para aquela situação inusitada.

— Cuidado, Biel. Ficamos felizes com sua confiança, mas cantar vitória antes do tempo é um grande perigo. Você pode acabar se decepcionando. Vamos torcer por você amanhã — ponderou sua mãe.

— Tudo bem, eu entendo o que vocês dizem e também pensava dessa forma. Mas não é assim que a lei da atração funciona.

Em seguida, Biel se trancou no quarto para tentar manter a *vibe* de celebração.

Ele prometeu a si mesmo que não contaria para mais ninguém a sua estratégia estranha de atrair o seu objetivo. Confiava no ancião e, também, estava tomado por uma fé inexplicável em relação ao seu texto escrito na prova.

Aproveitou a solidão do quarto e escolheu uma vela verde da cor da mata para acender como forma de agradecimento por todos os aprendizados que vinha recebendo nas últimas semanas. Sua vida mudava de rumo silenciosamente. E isso lhe trazia uma empolgação excitante.

— Hoje manterei minha energia elevada e nada vai me abalar. Vou ficar no quarto sentindo a emoção de pisar na Floresta Amazônica pela primeira vez.

Biel deitou-se, colocou os sons da natureza para tocar no celular e deliciou-se ao se imaginar mergulhando nos rios, sentindo o doce aroma das plantas e conseguindo até ouvir o ruído dos animais. Ele, sem saber, estava recebendo pela primeira vez o chamado da Rainha da Floresta.

O alarme tocou. Biel tinha dormido praticamente quinze horas sem parar. Já batia a hora de ir para a escola novamente. Percebeu que a vela ainda estava acesa. Deu tempo de agradecer mais uma vez e correr para tomar um banho rápido.

Enquanto se arrumava, ficou pensando se o encontro com o ancião tinha sido um sonho ou verdade. Sua mente parecia querer sempre confundi-lo.

— Você não vai me fazer duvidar novamente! — retrucou Biel em seu diálogo mental incessante.

Biel correu para a escola. No meio do caminho, ele se lembrou de que, no primeiro horário, os alunos da turma que se inscreveram no vestibular de Direito receberiam um advogado, como convidado, para falar um pouco sobre a sua vida profissional.

Ao chegar na frente da sala em que aconteceria a palestra, viu que metade da turma estava presente. Outros 25% dos alunos faziam parte da galera de medicina que estavam na sala ao lado para ouvir uma médica falar sobre sua carreira. E os outros 20% estavam nas palestras das engenharias. Os restantes dos alunos formavam meia dúzia de gatos pingados dispersados nas salas de outros cursos.

Naquele momento, Biel entrou em seu modo questionador e refletiu sobre um dilema:

— Existem tão poucas opções no vestibular ou são os alunos que escolhem sempre os mesmos cursos? Será que somos todos muito parecidos e temos os mesmos interesses? Ou será que, na verdade, existem graduações que são mais valorizadas do que as outras?

Por fim, Biel se sentiu estranho pelo fato de mesmo tendo todos esses questionamentos, agiu exatamente igual a todos os outros alunos. Ele abaixou a cabeça meio envergonhado e entrou na sala de Direito com seus colegas.

Três horas de apresentação se passaram. Biel não aguentava mais ficar na sala, mesmo o advogado tendo lhe causado uma boa primeira impressão. Logo de início, reparou que ele tinha um relógio brilhante que parecia ser muito caro. Também usava anéis dourados e uma pulseira com joias. Vestia um elegante terno cinza feito com fios ingleses de pessoa dita bem-sucedida. Comunicava-se com mestria nas palavras.

Mas, Biel notou algo muito importante: Aquele homem não era feliz. A sua oratória não falava com o coração.

Durante a maior parte da palestra, o advogado só reclamava da grande quantidade de processos em tramitação no país, da lentidão e ineficiência do sistema judiciário e da grande concorrência na área.

O palestrante, percebendo o desinteresse dos alunos em suas falas, resolveu apelar um pouco mais:

— Se vocês quiserem ganhar muito dinheiro, eu aconselho vocês a se especializarem em Direito Ambiental. Se vocês tiverem a sorte que eu tive, talvez consigam trabalhar com grandes empresas de agrotóxicos ou madeireiras.

Biel, que já tinha lido fatos bem negativos sobre essas empresas quando arrecadava fundos para iniciativas ambientais, impulsivamente, já levantou a mão para contestar o advogado.

— Esses são os tipos de empresas que destroem a nossa floresta. Uma coloca veneno em nossas comidas com seus pesticidas além de intoxicar nossos solos, enquanto a outra derruba árvores centenárias e acabam com a casa de muitos animais para lucrar na venda dessa madeira, sem se preocupar com o reflorestamento.

— E qual o problema disso? Se o bom advogado achar uma brecha na lei, ele não estará fazendo nada ilegal. Eu não preciso gostar dos meus clientes, eu só preciso defender o interesse deles. E inclusive, eu sou muito bem pago por isso.

OS 2 GUARDIÕES DA RAINHA DA FLORESTA **57**

— Nem a melhor cama do mundo iria conseguir me fazer ter uma boa noite de sono com esse peso na consciência.

— Eu também já pensei como você, jovem. Mas, se você não pode ir contra o sistema, junte-se a ele.

Biel fez um sinal veemente de reprovação com a cabeça e ameaçou levantar da carteira para sair da sala. Imaginou que sua atitude corajosa poderia impressionar Natália, que também estava presente na palestra. Mas, seu amigo Rafael lhe puxou imediatamente de volta.

— Não faça isso! Pare de bancar o valentão. Se tomar uma suspensão agora você acabará com todas suas chances de ser um dos escolhidos para a viagem. Ainda não sabemos o vencedor na redação, lembra?

Aquele advogado realmente parecia ter muito dinheiro, mas, ouvindo-o falar palavras vazias sobre os grandes clientes do seu escritório, Biel procurou, e não achou o brilho em seu olhar. Sobrava ouro, mas faltava propósito.

Em nenhum momento, ouviu o advogado falar de mudar o mundo ou promover a justiça na sociedade. Ele parecia ter sido só mais um que aprendeu certo as lições erradas.

Biel concluiu que sua decisão de se inscrever para o curso de Direito tinha sido bem equivocada. E jamais gostaria de ser esse tal bem-sucedido.

Mas, também não queria ficar com sentimento de culpa. Lembrou-se do que sua mãe sempre dizia sobre a culpa ser um fardo, um peso que a gente carrega sem necessidade.

— Bem, eu fiz o que eu achava certo naquele momento e que se lasquem as consequências — pensou aliviado.

Até repetiu mentalmente o "que se lasquem" e constatou que era uma frase bem terapêutica, pois fazia as dúvidas desaparecerem rapidamente e trazia um sorriso de volta. Lembrou-se da lição do ancião de brincar e se divertir com os próprios problemas.

O sino finalmente tocou. O advogado se despediu rapidamente da turma e já olhou imediatamente para o relógio como se estivesse atrasado com algum prazo no seu trabalho.

Os colegas saíram para o intervalo. Todos queriam compartilhar suas impressões da palestra. Mas, Biel estava focado. Ele tinha um grande objetivo naquela manhã: Conquistar o seu presente dos céus. Deveria manter-se aberto e receptivo para ganhar a benção do Universo.

Durante o intervalo, preferiu ficar sozinho na fria sala de aula e começou a reparar que o caminho do sonhador é, muitas vezes, um caminho solitário. Ou de solitude. Ele não entendia bem a diferença dessas duas palavras. Mas, sabia que era um caminho em que nem sempre teria alguém para acompanhá-lo. Os sonhos exigem um sacrifício. Nem todos estão dispostos a pagar o preço. Às vezes, o preço pode ser de se afastar de certas amizades, de velhos hábitos, e de alguns lugares.

Refletiu durante um momento que escolher desbravar o caminho do nosso sonho é renunciar a uma vida comum. Ele se lembrou do vídeo que reproduziu repentinamente em seu computador e recordou-se de que, em um determinado momento da vida de todas aquelas pessoas comuns que tiveram feitos extraordinários, elas precisaram abdicar de algumas coisas para seguir seus sonhos. Era como se fosse uma prova que a vida reservava para testar a disciplina e a determinação de cada um daqueles sonhadores.

Após toda essa reflexão, Biel ajeitou seus materiais e os jogou dentro da mochila. De repente, notou que algo caiu do seu caderno, tinha o formato de um bilhete e era pintado de rosa.

Abriu imediatamente para saber do que se tratava:

"Os seus textos são os mais lindos e profundos que eu já li!"

Com um sorriso largo de orelha a orelha, ele concluiu que alguém tinha descoberto quem era o verdadeiro autor das histórias espalhadas pela escola.

O sino tocou uma última vez. Agora todos deveriam se dirigir ao auditório geral do colégio. O resultado final do desafio seria revelado. Havia chegado o grande momento de descobrir se a tal lei da atração funciona de verdade.

CAPÍTULO 6

MANTENDO O SONHO VIVO

Todos os alunos estavam reunidos no auditório. Aqueles que tinham recebido as maiores notas nas matérias já sabiam que seus nomes estavam garantidos e, por isso, desfilavam um semblante de felicidade misturado com vaidade.

Um por um, a diretora começou a anunciar os vencedores.

— Parabéns aos sete alunos premiados. Permaneçam sentados ao final do resultado, que ainda hoje vamos esclarecer as dúvidas sobre a viagem.

Todos os alunos olhavam fixamente para a diretora esperando o último nome.

— E agora para finalizar a premiação, vamos divulgar o nome do oitavo estudante classificado para a viagem. Quem tirou a melhor nota na prova de Redação foi...

Biel estava de olhos fechados e dedos cruzados repetindo mentalmente seu nome sem parar parecendo um mantra. Manteve sua confiança e lembrou-se do inesperado bilhete rosa que teria sido um grande sinal demonstrando que a sua vez de brilhar tinha finalmente chegado.

— Em um, em dois, em três, e a vencedora foi... Raquel!

Nessa hora, todos os vencedores gritavam felizes e aplaudiam a Raquel. O restante dos alunos lamentava a derrota. Uma mistura de sentimentos tomou conta do auditório.

Biel ficou mudo, paralisado e parecia ter tomado um balde de água fria, tamanha sua frustração. Ele não entendia onde tinha falhado. Seguiu todas as orientações do ancião, deu o seu máximo na preparação, e mesmo assim não tinha sido um dos escolhidos.

Quando ameaçou ir embora antes que começasse a chorar na frente de todos, ouviu sutilmente a voz do ancião ecoando em sua cabeça:

— Quanto mais você duvida da sua força, mais força você dá para a sua dúvida.

Todo o seu corpo arrepiou. Biel teve uma retomada de consciência e não deixou sua dúvida continuar crescendo. Manteve-se de olhos fechados criando a sua realidade e comemorando silenciosamente sua conquista.

Nesse momento, uma voz brotou pelo microfone ecoando por todo o auditório:

— Alunos, silêncio! Por favor, silêncio só mais um momento! Acabamos de averiguar aqui uma alteração em nosso regulamento. Tivemos dois estudantes com a mesma nota na redação. Ambos merecem nossos parabéns, pois eles tiraram a nota máxima. E acabamos de decidir que, em caso de empate, o mais justo é que os dois sejam premiados.

O auditório ficou em completo silêncio novamente. Um ar de esperança tomou conta do ambiente.

— Então, gostaríamos de anunciar que o último vencedor da viagem para o coração da Floresta Amazônica ééééé o nosso querido estudante... B-I-E-L!!!

Um grande barulho surgiu no meio dos alunos.

Biel explodiu de alegria! Derrubou seus cadernos, jogou para cima suas folhas de anotações e comemorou como uma criança! Ele derramava lágrimas de felicidade.

E até mesmo os seus colegas, decepcionados com o resultado, ficaram contagiados com a sua euforia. Todos sabiam o quanto ele tinha se preparado incansavelmente para essa prova. Biel recebeu abraços calorosos dos seus amigos e se sentiu merecedor da viagem.

Era festa! Estava feliz da vida! Parecia que já tinha vivenciado aquela cena por inúmeras vezes na sua cabeça. Mas, agora era realidade. Apesar de sua alegria, Biel precisou se conter um pouco e juntou-se ao grupo dos alunos vencedores para receber as instruções finais.

A diretora se aproximou do grupo vencedor e avisou:

— Parabéns pelo desempenho de cada um aqui! Vocês são as nossas melhores apostas de aprovação no vestibular, não nos desapontem. E recebam também essa medalha dourada do colégio como premiação pelo desafio.

Os alunos receberam suas premiações e logo se juntaram para tirar fotos ostentando as medalhas brilhantes penduradas no pescoço.

Uma voz serena ecoou nos ouvidos do Biel trazendo leveza e paz:

— Parabéns, Biel! Eu preciso te confessar que eu amo o jeito que você expressa suas ideias nos textos. Você escreve tão bem!

— Você já leu meus textos alguma vez? — duvidou automaticamente ao ser pego de surpresa.

— Claro que sim, você possui a letra de garrancho mais encantadora que eu já vi — disse Natália com seu jeito meigo de ser.

— Então, foi você quem colocou aquele bilhete rosa no meu caderno?

— Sim, seu bobo. Foi fácil reconhecer de quem vinham os textos espalhados pela escola. Saiba que eles alegraram meus dias cinzas neste último ano.

Biel abraçou Natália e demorou para soltá-la. Era a menina mais doce que ele já tinha conhecido.

A diretora, então, deu um último aviso:

— Pessoal, até o final dessa semana todos vocês devem retornar com a autorização dos seus pais ou responsáveis para a viagem. Partiremos daqui a duas semanas e vocês voltarão cinco dias antes da prova do vestibular. Todas as despesas serão pagas pela escola, mas é bom levar um kit com itens pessoais. De qualquer forma, não se preocupem que todos os detalhes serão informados por e-mail da direção.

OS 2 GUARDIÕES DA RAINHA DA FLORESTA **63**

Os nove vencedores deram-se um grande abraço coletivo, riram juntos e finalmente despediram-se.

Biel ficou muito feliz consigo mesmo por ter mantido seus pensamentos positivos durante toda a manhã. Nem o advogado, nem o aparente fracasso no desafio fizeram-no "abaixar a guarda". Agiu conforme o ancião tinha lhe instruído e seguiu como um verdadeiro guerreiro da luz que mantém sua fé inabalável diante dos obstáculos.

Agora, era hora de voltar para a casa e contar novamente para sua família a boa notícia que ele, ironicamente, já tinha revelado antes.

Vou comemorar duas vezes, pensou Biel gargalhando.

E assim ele foi para casa, sorridente, alegre e em paz. Sentia no peito que estava mais próximo do que nunca de viver uma grande aventura que mudaria sua vida!

— E AIIII, GALERAAAA!! CHEGUEIII!

Toda sua família estava apreensiva esperando Biel retornar. Antes mesmo de alguém fazer qualquer tipo de pergunta, ele já mostrou cheio de orgulho sua medalha dourada do desafio.

Sua irmã imediatamente lhe deu um abraço bem apertado. Seu pai bateu palma e abriu um sorriso. Mas, sua mãe ficou estranhamente abatida. Ela não esboçou nenhuma reação positiva.

— Mãe, você não está nenhum pouquinho feliz por eu ter sido um dos escolhidos?

— Não sei, meu filho. Amo te ver feliz, mas ontem à noite, tive um sonho bem preocupante. Não me lembro muito bem dos detalhes, mas você estava correndo no meio de uma floresta como se estivesse sendo perseguido. Era uma cena bem assustadora. Você estava machucado. Parecia um aviso que você poderia correr sérios perigos nessa viagem. Sua mãe aqui é bem sensitiva, você sabe disso.

— Ah, mãe! Você sempre fica cheia de medo das coisas. Não vai acontecer nada, a escola contratou um guia exclusivo para levar o grupo de estudantes nas trilhas e estaremos acompa-

64 *O Mensageiro*

nhados da nossa professora de História também. Será um grupo de nove estudantes. Eu não vou tá sozinho lá. E relaxe que não vamos dormir dentro da floresta, é só um passeio.

— Eu sei, filho. Mas eu acho que você não deve ir. Eu não iria me perdoar se você fosse e acontecesse algo de pior. Você não tem noção do quão real foi esse meu sonho. Um outro dia quando você estiver mais velho, vai poder visitar a floresta.

Antes que a conversa tivesse os ânimos mais exaltados, o pai, que era um homem diplomático, fez um sinal de silêncio para Biel não falar mais nada e disse que iria conversar a sós com sua mãe.

Desapontado, Biel foi em direção ao seu quarto e bateu à porta com força, demonstrando toda sua indignação. Laura foi logo em seguida atrás dele.

— Ei, tenha calma, nossa mãe não está fazendo isso por mal. Eu vi que ela realmente ficou a madrugada inteira acordada. Eu fui ao banheiro duas vezes essa noite e a vi sentada no sofá totalmente pálida, com uma cara aterrorizada.

— Ah! Você não sabe o quanto eu rezei ao Universo, estudei e me dediquei para conseguir ser um dos escolhidos. Se for para a gente acreditar em um sonho... Então, que seja o meu! Você entende que essa viagem é o meu sonho virando realidade? Eu fiz acontecer e não é agora que eu vou desistir disso só porque minha mãe sentiu algo ruim.

— Tudo bem, mas você se lembra da última vez que a nossa mãe teve aquela premonição que você ia levar um "susto" na rua? E o que aconteceu? Aquele seu amigo mais velho, o Lucas, bateu o carro no poste quando você estava sentado no banco do carona, exatamente na mesma noite que ela tinha sonhado e te alertado. Você ignorou o aviso e sofreu o acidente, não foi?

— Sim, mas foi pura coincidência...

— Pare de se enganar. Não subestime a intuição da nossa mãe.

— Ah, irmã, chega. Por favor, agora vaza daqui e me deixe sozinho no quarto. Não quero mais falar sobre isso — retrucou Biel sem paciência.

Três dias se passaram e ele esperava ansiosamente que seus pais fossem retomar aquela conversa. O prazo final para entregar a autorização estava se esgotando.

Algo dentro dele dizia que sua mãe não iria liberá-lo para a viagem, mas, ao mesmo tempo, ele estava convencido de que não poderia perder essa grande oportunidade. Este conflito interno entre obedecer sua mãe ou seguir seu sonho fez com que ele refletisse sozinho durante muito tempo. Até que, finalmente, encontrou uma alternativa muito arriscada como a sua única saída para esse grande dilema.

Biel teria que magoar as pessoas que ele amava. Então, pegou escondido a agenda da sua mãe e simulou diversas vezes a letra dela, até conseguir copiar exatamente a sua assinatura. Apesar de ter uma boa educação, ele nunca foi santo e já tinha aprontado algumas vezes ao mentir sobre onde iria passar a noite e quais eram suas verdadeiras companhias nas festas. Porém, forjar um documento se passando por sua mãe era uma jogada muito mais inconsequente.

De qualquer forma, nada fez com que ele desistisse da ideia. A vontade de viver sua aventura era maior do que o medo de perder a confiança dos seus pais. E assim, ele se arrumou para ir até a escola entregar seu termo de autorização para a viagem.

Entretanto, ainda faltava um último detalhe para o plano ser concluído com sucesso: Ele precisava colocar o número de contato de um dos responsáveis para que a escola confirmasse a autorização por telefone. Se a mãe atendesse, a mentira seria desmascarada e ele ficaria de castigo durante muito tempo, além de perder a sua grande viagem.

Ele também não poderia contar com o apoio de seu pai, que teria uma reação explosiva caso descobrisse a sua ideia.

Somente uma pessoa poderia ajudá-lo naquele momento: A cúmplice de longas datas, sua querida irmã. Então, Biel entrou no quarto de Laura em silêncio, trancou a porta e a esperou sair do banheiro sentado na cama

— Você se lembra quando jurou por Deus dizendo que estava me devendo uma? — indagou Biel sem enrolação.

— Sim, mas o que você está fazendo aqui no meu quarto? Antes você estava todo nervosinho e agora quer conversar?

— Eu preciso da sua ajuda. Me perdoe por ter sido grosseiro naquele dia, mas eu não posso desistir da viagem para a Floresta Amazônica.

— E o que você quer que eu faça? A mãe já deixou claro que não vai aceitar.

— Eu preciso que você finja que é ela no celular quando a escola ligar querendo confirmar a minha liberação.

— O quê? Você ficou louco? Jamais vou fazer isso!

— Irmã, preste atenção: Eu já assinei o documento com a mesma assinatura dela. Ninguém vai descobrir, eles só vão saber quando eu tiver no avião. Depois eu vou assumir que a culpa é toda minha, mas eu preciso que você faça isso. Por favor!

— Olha o que você tá me pedindo! Ela vai ficar muito magoada comigo e com você. Pare de ser egoísta. Eu não posso fazer isso.

— Laura, se ser egoísta é seguir a voz do meu coração, eu não me importo de magoar as pessoas que eu amo. Elas também precisam entender que somos os únicos responsáveis pela nossa felicidade durante a vida.

— Você vai se arrepender de fazer isso. Tem noção da confusão que isso vai dar?

— Você me prometeu. Na verdade, você até jurou por Deus que estava me devendo uma. Eu te ajudei e agora preciso da sua ajuda. Você vai cumprir seu juramento?

— Que chantagem! Nunca mais me peça nada parecido. E quando eles descobrirem, eu vou dizer que você me forçou a fazer isso.

— Sem problemas. Eu sinto no fundo do meu coração que é por uma boa causa, eu te garanto.

— Espero que tudo isso valha a pena. Então coloca logo o número do meu celular no documento e fecha a porta.

Biel levantou-se da cama alegre e tentou abraçar a irmã, que não correspondeu ao gesto.

Agora sim poderia entregar sua alforria no colégio para uma nova vida, pois era assim que ele enxergava aquele pedaço de papel.

Mesmo consciente das suas ações, ele sabia que seria difícil bancar o peso das suas escolhas. Imaginou que seria um choque muito grande para os pais quando descobrissem que o filho tinha viajado sem a permissão deles. E por isso, o único jeito de reduzir os danos era preparar o terreno. Então, decidiu escrever mais uma vez. Só que agora seria uma carta para sua mãe.

Escreveu um pequeno texto num pedaço de papel:

"Mãe, eu sou muito grato por tudo o que você faz e sempre fez por mim. Eu sei que você se preocupa comigo e quer me proteger dos perigos, mas eu preciso encontrar o que faz meu coração bater mais forte. Essa é a minha grande oportunidade de voar, mãe!"

E, no final, usou uma frase marcante que tinha ouvido em um filme:

"Índio para virar cacique precisa sair da maloca. Te amo e espero que um dia você me entenda."

Biel buscou ser o mais honesto e verdadeiro possível. Deixou-a bem escondida em sua gaveta de cuecas para ser encontrada somente após o dia da viagem, pois sabia que sua mãe costumava invadir sua privacidade e mexer em suas coisas, mesmo sem pedir a permissão dele.

Seus pais, que não faziam ideia de toda essa trama, pareciam mais calados do que de costume, saíram juntos de casa até o trabalho. Minutos depois que a residência finalmente ficou vazia, o celular de Laura começou a tocar. Apreensiva, ela atendeu o telefone com as mãos trêmulas.

— Isso, sou eu mesma.

Os corações dos dois estavam disparados. Essa ligação era a última chance de Biel conseguir viajar e realizar seu sonho. Sem conter sua ansiedade, aproximou seu ouvido para escutar a chamada.

— Eu autorizo. Eu assumo a responsabilidade pelo meu filho.

Naquele instante, Laura olhou para Biel com bastante raiva, virou as costas e se trancou em seu quarto para continuar a ligação, sem ele por perto.

Biel logo imaginou o pior cenário. E se sua irmã desistisse de apoiá-lo nessa loucura e desmascarasse toda a mentira? Após pouco tempo, Laura saiu do quarto e foi andando lentamente em direção ao Biel com seus olhos cheio de lágrimas:

— Se acontecer qualquer coisa com você na floresta, eu vou me sentir tão culpada! Foi a pior sensação que já tive, eles fizeram várias perguntas e eu precisei mentir muitas vezes por você — desabafou Laura em tom de premonição, como se estivesse se preparando para o que viria.

E, em seguida, deu um beijo carinhoso na testa do Biel e eles se abraçaram por uma eternidade de vinte segundos.

Aos pulos e gritos para o céu, Biel foi passear pela cidade enquanto comemorava. Agora, estava tudo resolvido e não faltava mais nada. Era só fazer a contagem regressiva para sua viagem.

Coincidentemente, também era a contagem regressiva para seu aniversário. O dia da viagem era o dia em que ele completaria dezoito anos.

— Tudo isso me parece tão simbólico — refletia Biel sobre as sincronias da vida.

Com o passar dos dias, ele até tentou segurar sua ansiedade, mas não parava de pensar nas coisas envolvidas com a viagem. Ao mesmo tempo, ele começou a sonhar com guerras e gritos assustadores, acordando-o no meio da madrugada todas as noites.

OS 2 GUARDIÕES DA RAINHA DA FLORESTA **69**

Nesses sonhos, Biel via seres encantados no meio da floresta, ouvia sons de tambores e tinha até a impressão de que as enormes árvores chamavam seu nome. Além disso, um jovem índio, aparecia em suas visões, pedindo ajuda em meio a um incêndio na mata.

Todas as noites, o mesmo sonho se repetia. Biel achou que pudesse ser influência do pesadelo da sua mãe e preferiu não comentar com ninguém. Mas, aqueles tais sinais que o ancião havia alertado pareciam ficar mais nítidos agora. O grande momento da viagem se aproximava.

CAPÍTULO 7

A VIAGEM PARA O CORAÇÃO DA FLORESTA

Chegou o tão aguardado dia da viagem para a maior floresta do mundo!

Biel passou a noite em claro tamanha sua euforia para viajar. Assim que seu alarme disparou, ele deu um pulo na cama e saiu do quarto. Além disso, era também o dia do seu aniversário.

Tinha finalmente completado dezoito anos. Agora, ele era considerado pela sociedade uma pessoa de maior idade. Ao entrar na sala, seu pai levantou do sofá e lhe entregou um presente.

— Parabéns, filho! Feliz aniversário!. Comprei um celular novo para você. Eu sei o quanto você gosta de registrar as coisas que você vive e, também, de compartilhar suas reflexões com as pessoas. Agora, você vai poder fazer melhores filmagens e espalhar seus questionamentos pelo mundo.

Nesse momento, sua irmã saiu do quarto já cantando e batendo palmas:

— Que Deus lhe dêêê, muita saúde e paaaz, e os anjos digam amém, parabéns para você, nesse seu aniversário... Quem diria, meu pequeno irmão agora virou um adulto!

Antes que Biel pudesse responder, a sua mãe também já foi entrando na conversa:

— Epaaa! Laura, nada disso... Biel sempre será o meu bebê — falou carinhosamente enquanto dava um longo abraço e contava histórias de quando ele era recém-nascido.

— Comprei também uma lembrancinha que achei a sua cara, filho. Eu sei o quanto você passa horas escrevendo no escuro até de madrugada. E essa é uma caneta que vira lanterna quando aperta no botão do meio.

Todos trocaram muito afeto e gestos carinhosos até que chegou a hora de Biel se despedir deles para não levantar suspeitas:

— Família, combinei de passar o final de semana na casa do Rafael, aquele meu amigo da escola. Vamos curtir lá na casa de praia dos pais dele e comemorar meu aniversário com o pessoal da turma — falou com uma voz meio trêmula.

— Você não tinha avisado que ia comemorar seu aniversário longe da gente. Mas, por mim tudo bem. Aproveite lá com seus amigos, então — consolou seu pai.

Sua mãe que observou atentamente aquele aviso inesperado, logo lançou uma pergunta desconcertante:

— Por que você olhou para baixo enquanto falava? Você está escondendo algo, Biel? Eu te conheço muito bem e sei que nós dois temos a mania de desviar o olhar quando falamos algo que não é verdade.

— É porque eu queria mesmo passar meu aniversário em outro lugar que você sabe bem onde é, mas você não deixou, lembra? — falou Biel com olhos cheios de lágrimas enquanto olhava fixamente para sua mãe.

— Não vamos entrar nessa briga de novo. Esse assunto já morreu — sua irmã sabiamente encerrou a conversa e ajudou-o com suas malas antes da van chegar.

Com um tom de voz bem baixinho e próximo dele, Laura fez questão de dizer algumas palavras importantes:

Bi, lembre-se sempre, nós somos a mistura das pessoas que conhecemos, dos livros que lemos e das viagens que fazemos. Aproveite. Você sonhou tanto com essa aventura, não é mesmo?

Biel sorriu e concordou com a cabeça. Agora, era hora de seguir em frente. Pegou suas malas e entrou na van que tinha acabado de chegar, trazendo juntamente os seus colegas vencedores do desafio.

O caminho para o aeroporto era longo, e a resenha entre os alunos estava muito divertida. Todos compartilhavam o que pesquisaram nos últimos dias sobre a Floresta Amazônica.

Marcelo comentou que o tamanho da floresta era maior do que vários países da Europa juntos. O Guilherme alertou que se um avião cair na floresta, ele desaparece na mata fechada.

A Maria fez questão de ler um artigo que falava sobre as aranhas marrons que viviam na floresta, e eram consideradas as mais perigosas do planeta.

Biel achava graça da conversa, mas preferiu se manter um pouco mais isolado olhando pela janela da van. De repente, viu um velho que acenava sentado no banco da praça. Biel não acreditou, era o ancião novamente.

Ele sempre aparecia nos lugares certos. Biel respondeu com um largo sorriso e uniu a palma das mãos como gesto de agradecimento.

— Com quem você está falando? — perguntou Rafael.

— É um velho gente boa que eu conheci recentemente, mas parece que ele já me conhece há muito tempo — e apontou na direção do banco.

— Que estranho, eu não vejo ninguém sentado ali.

Ao chegar no aeroporto, a professora de História que os acompanhava avisou que assim que eles chegassem à Amazônia, os estudantes se dividiriam em dois grupos e iriam em vans separadas até a pousada.

Os alunos entraram no avião e um por um foram adormecendo com o passar do tempo. Após entrarem em sono profundo durante várias horas, finalmente uma voz acordou os tripulantes:

— Senhores passageiros, por gentileza, coloquem o cinto pois a aeronave vai fazer o procedimento de aterrissagem.

Biel olhou pela janela e, mesmo já escurecendo, conseguia ver no horizonte um "oceano verde". Era realmente uma floresta gigantesca, nunca havia visto nada parecido. E reparou em um grande rio escuro que lembrava o formato da letra "S" como uma cobra gigante cortando toda a floresta. Avistou também alguns clarões na mata, lugares que não tinham árvores, mas que estavam repletos de máquinas e tratores.

Apesar de ficar um pouco confuso e se questionar como alguém poderia ter coragem de ferir aquela maravilha, Biel estava tão emocionado com a grandeza da Amazônia que resolveu não focar nisso. Naquele momento, ele não conseguiu conter as lágrimas. Era uma das cenas mais lindas que já tinha visto na vida.

A aeronave ficou vários minutos atravessando parte da floresta até que, finalmente, chegou à cidade e aterrissou em segurança. Foi dada a largada! A aventura estava oficialmente começando!

Todos se dirigiram até o salão de desembarque e os alunos se separaram em dois grupos, conforme a professora tinha instruído. Ainda faltavam algumas horas de viagem por uma estrada de barro até o destino final.

Já era noite quando eles chegaram à simples pousada amarela, toda feita de madeira, pouco iluminada, bem antiga e aconchegante. Em todos os cômodos, havia quadros espalhados homenageando grandes indígenas, o que dava um ar de suspense no ambiente em que iriam morar nos próximos dias.

Biel ficou no quarto com seu fiel escudeiro Rafael e as outras duplas foram se formando. Alguns foram imediatamente para o chuveiro tomar banho gelado, porque não tinha água quente, e outros foram direto para cama.

A professora avisou que no dia seguinte o café da manhã seria ao nascer do sol, ou seja, às cinco horas da manhã, pois eles iriam tomar um banho no Rio Amazonas. A reação dos alunos foi tão animada ao saber que mergulhariam no rio que nem se chatearam com o horário de acordar.

Quando o sol raiou, praticamente todos os alunos já estavam sentados tomando café exatamente às cinco horas. Mas Marcelo e Guilherme ligaram para a recepção com voz de sono avisando que só iriam descer quando todos terminassem o café.

— É bom que sobra mais comida para a gente — falou Biel rindo na mesa.

E o banquete começou a ser servido. Bolos, pães, geleias, tortas de palmito, frutas, verduras, biscoitos, tapioca. Era uma variedade enorme de alimentos.

Alguns alunos perguntaram ao cozinheiro se ele também tinha salsicha, ovos, presunto ou peito de peru.

E a resposta do cozinheiro surpreendeu a todos:

— Jovens, peço perdão se não informaram para vocês antes. Mas a tradição dessa pousada aqui é servir uma dieta vegetariana. Recomendo que vocês experimentem nossas opções de comidas e tenho certeza de que vocês não vão sentir falta de nada.

Alguns alunos não gostaram muito da novidade, mas Biel ficou empolgado. Ele curtia a ideia de testar novas opções. Começou a comer um pouco de cada coisa e, em poucos segundos, já estava declarando ao chef que não fazia ideia do quanto as comidas vegetarianas poderiam ser deliciosas.

Às 6h, a professora chamou todos os alunos e pediu para levarem em suas mochilas somente o que fosse essencial para a trilha.

O guia que foi buscar a turma chegou pontualmente. Com um sorriso no rosto e um chapéu na cabeça que protegia sua pele branca bastante castigada pelo sol, ele anunciou bem alto:

— É hora do banho de rio! Quem quer mergulhar com os botos-cor-de-rosa e dar peixe na boca deles?

A garotada correu do restaurante animada e imediatamente criou-se uma fila atrás do senhor.

A professora de História fez questão de apresentar o guia oficialmente:

— Seu Jaime é um guia famoso, bastante conhecido na região e conhece cada centímetro da floresta. Ele nos levará até o rio e depois nos trará de volta para pousada até o final do dia.

Os seus poucos fios de cabelo grisalho indicavam que o senhor devia ter uns cinquenta anos. Ele demonstrava uma expressão simpática graças ao seu bigode preto engraçado.

E lá foram eles felizes e contentes pela mata até a margem do rio. Era uma caminhada de um pouco mais de duas horas. Mas, ninguém se queixava de nada, pois talvez fosse uma das melhores manhãs que eles estavam tendo desde o início daquele ano letivo.

— Como é possível a nossa escola ter demorado tanto para nos proporcionar uma viagem dessa? — reclamou Maria.

— Porque dificilmente será uma prioridade do colégio promover experiências fora da sala de aula para a gente — rebateu Biel.

— Calma, não é bem assim. A questão é que, o tempo que nós temos para passar todo o conteúdo programático até o vestibular é muito curto, mas fazemos o que está ao nosso alcance. Infelizmente, não temos muitas alternativas para diversificar as aulas — tentou justificar a professora.

— Pois é, mas quem paga o preço disso somos nós que fomos obrigados a gravar tantos assuntos em tão pouco tempo e sempre de uma forma muito chata — lamentou Biel.

— Eu entendo o seu ponto de vista, Biel. Nós, professores, não somos insensíveis a essa questão. Eu juro que a gente gostaria de inovar na sala de aula e ensinar de outras formas mais divertidas e dinâmicas. Mas, existe todo um sistema de ensino padronizado que não nos dá muita liberdade. Somos cobrados pelos nossos superiores e, se a gente não der o resultado esperado de aprovação no vestibular, é capaz de recebermos toda culpa e ainda sermos demitidos. Fora que a gente recebe bem pouco por isso, que mal dá para pagar nossas contas. O buraco é bem mais embaixo. Mas uma coisa eu garanto, nós professores nos esforçamos muito para dar nosso melhor nas aulas e contribuir na formação de vocês — explicou a professora de História.

— Então, a quem interessa um ensino desse? — finalizou Natália, intrometendo-se na discussão.

— Olha o riiiiioooo! — gritou Guilherme, que estava mais à frente do grupo.

E todos começaram a correr, jogando suas roupas para cima e tirando o tênis em movimento.

Um por um, os alunos foram se jogando e mergulhando de cabeça nas águas escuras e geladas do rio.

— Vocês estão entrando em um dos maiores rios de água doce do mundo. Aproveitem! — a professora de História fez questão de ressaltar.

— E mesmo sabendo disso você vai ficar do lado de fora, professora? — um dos alunos gritou ao fundo.

— Não tenho permissão. Alguém precisa tomar conta de vocês, né?

Mas se alguém se afogar, é melhor que você esteja dentro ou fora do rio? — provocou Biel.

— É verdade, vou precisar entrar para ficar mais perto de vocês, caso haja qualquer imprevisto — respondeu a professora tentando não demonstrar a verdade de que queria mergulhar no grande rio desde o início.

As horas voaram. A água, inicialmente congelante, agora parecia com a temperatura perfeita.

Os alunos brincaram sem parar. Uns jogavam água, outros nadavam, e os meninos assustavam as meninas por baixo d'água.

Aquela correnteza parecia purificar Biel. Várias preocupações que o sobrecarregavam deram lugar a uma sensação de leveza nos ombros. Ele não tinha nenhum peso naquele momento. Sentia-se cada vez mais relaxado e em paz.

Ele lembrou que ainda não tinha solucionado sua busca interna de encontrar o seu propósito. Algo que ele faria todos os dias com amor e que lhe traria muita paz, riqueza e felicidade.

Mas, naquele momento, ele não estava mais buscando com tanto esforço. Ele se rendia na correnteza da água, deixando-se levar com a certeza de que em algum momento fatalmente acharia a resposta.

Nessa hora, Natália deu um grito desesperador:

— Socooooooooorro!!! Ahhhhhhhh!

Havia uma mancha lamacenta e pegajosa ao seu redor e parecia vir da nascente um pouco mais acima do rio.

Todos se assustaram, pois Natália estava se debatendo na água e gritando tão alto que até os pássaros saíram de perto. Consequentemente, as meninas que estavam perto dela entraram em desespero também e gritaram junto. Todos os alunos começaram a nadar rapidamente em direção à margem do rio.

Biel se apavorou com aqueles gritos e ficou imóvel durante alguns segundos. Quando percebeu que era a sua admiradora secreta se afogando, ele mergulhou e nadou em sua direção.

Mesmo Biel conseguindo segurar seu corpo, Natália continuava com as pernas agitadas, engolindo muita água.

Seu Jaime lançou uma corda da margem do rio e Biel conseguiu segurá-la com o braço direito enquanto carregava Natália no outro. O guia puxou a corda com toda a força e, em poucos segundos, os dois já estavam na terra.

— O que aconteceu? — perguntou a professora assustada.

Natália apontou para a água, mas ainda em estado de choque não conseguia falar. Foi quando Biel reparou que tinha algo rosa atravessando o rio.

78 *O Mensageiro*

— Eu estou vendo, olhem ali na direita! É um peixe enorme!

— Alguma coisa pegou na minha perna. Tentei afastar com as minhas mãos, mas era gigante e tinha cauda — falou Natália com dificuldade entre choro e soluços.

— Já sei, já sei. Era um boto-cor-de-rosa. Está tudo bem. O boto não é perigoso, ele não ataca humanos. É um peixe bem famoso na região, inclusive se parece com um golfinho. Mas, ele se alimenta de peixes pequenos e deve ter encostado em sua perna acidentalmente. Olha, ele está vindo para cá — avisou Marcelo, afastando-se com cautela da margem do rio.

Seu Jaime deu uma risada descontrolada e falou em tom de brincadeira:

— Vocês não precisam se preocupar com os botos quando existem cobras de até dez metros no rio.

Nenhum aluno deu risada e todos olharam com reprovação, exceto a professora que riu de nervoso.

— Aaah, que lindo! Olha esse bico longo dele. Parece muito um golfinho mesmo. Essa cor dele é incrível! Será que eu posso tentar tocar nele, professora? — perguntou Raquel para surpresa de todos.

— Olha, eu confesso que não vejo problema se você tocar daqui da terra. É uma oportunidade raríssima! Fique à vontade.

Antes de Raquel se aproximar, Maria avisou:

— Eu não faria isso, se fosse você. Eu li várias lendas sobre essa região daqui. E algumas delas diziam que os botos eram animais bem espertos que pegavam as mulheres indígenas e as puxavam para o fundo das águas.

— Ainda bem que eu não sou indígena, então! — brincou Raquel.

Todos deram risada e se divertiram com a situação. Mas, enquanto admiravam somente à distância aquela criatura encantadora, perceberam que o peixe não se movia direito. Ele estava sujo e tinha dificuldade de nadar, pois estava preso naquela mancha marrom que se alastrava no rio.

— Pessoal, é hora de ir embora. Meu receio é que essa água do rio esteja contaminada por alguma substância tóxica. Acho que por hoje está bom. Ainda temos uma longa caminhada até a pousada — avisou Seu Jaime.

Os alunos também ficaram preocupados com aquela mancha no rio e alguns chegaram a se coçar em certas regiões do corpo, onde a pele avermelhada demonstrava uma leve irritação.

Mas, nada parecia ser muito grave e todos logo iniciaram a caminhada de retorno para a pousada.

Biel, apesar de ter levado um grande susto, estava muito satisfeito de ter vivido tudo aquilo em um dia. Sentiu-se grato pela sua vida, pela sua saúde, por ter seguido os sinais, por ter confiado em sua escrita e por ter amigos. Ele percebeu que, muitas vezes, na correria do dia a dia, quase não tinha tempo para agradecer por tudo aquilo que fazia parte da sua jornada.

Enquanto andava lentamente, foi recebido por um beijo de Natália no canto da boca. E um abraço bem apertado de agradecimento.

Biel retribuiu pegando na sua mão e caminhando lado a lado com ela.

Eles sempre se sentavam próximos um do outro, mas conversavam pouco nas aulas. A verdade é que eles cultivavam um romance longe dos olhares da turma e trocavam mensagens pelo celular ou por bilhetes rosas.

Ao chegar na pousada, a professora avisou que a janta seria mediante pedido do cardápio e entregue no quarto de cada um. Além disso, amanhã deveriam acordar cedo novamente para uma aula especial de campo. Eles iriam entrar em uma área de preservação da floresta para aprenderem com um grande biólogo sobre o seu ecossistema e, claro, sobre as suas misteriosas lendas.

CAPÍTULO 8

A CHEGADA NA ALDEIA

A noite virou dia, e dessa vez todos os alunos já estavam tomando café da manhã no horário combinado. De forma unânime, todos os alunos tinham se entregado para as gostosas comidas vegetarianas e agradeceram ao chef pela experiência gastronômica inédita.

Ao se deslocarem na van dirigida por Seu Jaime pela estrada de barro, Biel recebeu uma ligação no seu celular:

— Onde você se meteu, filho? Que carta é essa? — sussurrou sua mãe com uma voz de choro.

— Estou na Amazônia, mãe. Me perdoe por ter feito isso, mas eu não podia perder essa oportunidade.

— Eu sabia que você estava escondendo algo. Eu não acredito que você foi capaz de mentir para mim. Você perdeu totalmente a confiança que eu tinha em você.

— Se eu falasse a verdade, você não ia deixar. Eu não tive escolha.

O celular ficou mudo durante alguns segundos, até que uma voz grossa retomou a conversa:

— Sua mãe não quer mais falar com você, ela não para de chorar. Você tem noção do que acabou de fazer? — perguntou seu pai em tom de indignação.

— Sim, eu segui meu coração.

— Na verdade você nos magoou muito, filho. Quando chegar em casa, se prepare porque você vai ficar de castigo durante um bom tempo.

— Tudo bem, pai. Agora já está feito. Desculpa.

— Preste atenção! Esse celular que te dei tem uma bateria que dura até doze horas. Mantenha-o por perto e vá nos avisando por onde você andar para sua mãe não ficar ainda mais preocupada. E uma última coisa: A floresta é um ambiente misterioso e sagrado. Ela merece muito respeito e cautela ou pode se tornar um lugar bem perigoso. Me prometa que você vai ter muita atenção e cuidado a cada passo dentro dela — falou Marlos com uma voz firme.

— Claro, pai. Pode deixar, eu prometo.

Biel conseguia ouvir sua mãe falando ao fundo:

— Isso é uma loucura! Que loucura!

Enquanto sua irmã a consolava:

— Vai ficar tudo bem, mãe.

O sinal do celular começou a falhar e a ligação caiu.

Ao chegarem na entrada da reserva natural, os alunos andaram por mais quarenta minutos e, enquanto caminhavam a professora de História apresentou o biólogo que se aproximava para os alunos:

— Turma, esse é o Caio! Ele vai nos explicar melhor os segredos da Floresta Amazônica e compartilhar curiosidades interessantes. Essa é a hora de vocês tirarem todas suas dúvidas.

Caio era um profissional que amava o que fazia, ele vivia a maior parte do seu tempo dentro da Floresta Amazônica para aprender mais sobre ela. Usava uma regata que revelava sua tatuagem de um leão rugindo abaixo da nuca e calçava uma grande bota preta de cano alto em cima de grossas calças verdes escuras que camuflavam na vegetação e evitavam picadas de insetos durante suas trilhas.

Devido a sua barba cheia, ele aparentemente teria entre trinta e trinta e cinco anos, e usava um estiloso penteado de black power no cabelo que combinava com seu óculos de sol. Segurava um tablet eletrônico para pesquisa debaixo do braço direito. Apesar da pouca idade, ele já tinha bastante conhecimento sobre a floresta.

— Obrigado, professora. É uma honra e uma enorme satisfação poder trazer uma consciência ecológica para os mais jovens. Bem, deixa eu fazer uma pergunta para vocês antes de qualquer coisa: Quem aqui já percebeu que essa floresta é maravilhosa?

Todos levantaram a mão.

— Que bom, eu também acho. Ela é incrivelmente bela e encantadora. Mas, vocês sabem qual é o principal motivo responsável pela destruição da floresta a cada dia?

Um aluno respondeu:

— Por causa das queimadas!

Outro falou em seguida:

— Por causa do desmatamento!

— Sim, sim! Vocês dois estão certos. Mas qual é o motivo de ter desmatamento e queimadas na floresta?

Todos ficaram calados.

— Pois é, poucas pessoas sabem responder isso. A principal causa da destruição da nossa floresta é a Agropecuária. Ou seja, grandes fazendeiros e latifundiários destroem nossa mata para colocar pastos, onde vão alimentar seus gados com o objetivo de vender enormes quantidades de carne para o mundo.

O silêncio se manteve durante um tempo, até que Biel tomou coragem de quebrá-lo:

— É por isso que as pousadas daqui só oferecem comida vegetariana?

— Sim, exatamente. Fizemos um pacto com muitas pessoas da região que são conectadas a nossa floresta para a gente repensar nossos hábitos alimentares e combatermos o desmatamento. Para cada boi no gado, é preciso destruir até quatro hectares de floresta. Isso é insustentável. Se continuarmos assim, a nossa maravilhosa floresta não viverá por mais vinte anos.

Os alunos ficaram perplexos. Era um soco no estômago descobrir que durante tanto tempo contribuíram para a destruição da floresta sem ter noção disso.

— Agora, vamos para as próximas perguntas: Vocês sabem de onde vem a composição dos remédios que vocês tomam quando ficam doentes?

— Da floresta? — supôs Biel.

— Exato, é daqui que são extraídos todos os princípios ativos para criar os remédios. As plantas são medicinais. A natureza é tão generosa que cura a sociedade, enquanto a sociedade mata a natureza. Que ironia, não é mesmo?

Os alunos balançaram a cabeça, concordando com a afirmação de Caio e ao mesmo tempo ficaram bem reflexivos.

— Só mais uma questão para pensarem: Vocês sabem qual é a principal riqueza natural que as pessoas precisam para sobreviver?

Todos responderam em coro:

— Água!

— UAU! Parabéns! Excelente turma essa daqui. Pois é, a água é a nossa principal riqueza. Mas, para ser um pouco mais específico, é a água doce, porque é ela que podemos beber. E sabem onde tem a maior fonte de água doce do planeta?

— No Rio Amazonas! — responderam novamente em alto e bom tom

— É isso aí, turma! A professora de vocês ensinou muito bem! E o que acontece com o Rio Amazonas se a floresta for destruída?

Ninguém respondeu.

— ELE SECA! — alertou Caio com um tom de voz alarmante.

Prosseguiu sua fala:

— E ainda existe um outro grande problema em nosso rio. Milhares de garimpeiros procuram pelas pedras de ouro nas nascentes e acabam jogando grandes quantidades de mercúrio em suas águas para facilitar as atividades de mineração até encontrá-las. Mas, o mercúrio é uma substância extremamente prejudicial aos seres vivos, pois ele contamina a água deixando-a imprópria para os indígenas e visitantes, que podem se intoxicar ao se banharem nesse rio envenenado. Além disso, os peixes também estão morrendo aos poucos, como por exemplo, os raros botos-cor-de-rosa que entraram em extinção recentemente.

A turma ficou chocada com a informação. No dia anterior, eles tinham desfrutado de um delicioso mergulho no Rio Amazonas sem compreender o perigo que corriam com a contaminação. E ainda tinham se deparado com aquela linda criatura rosa que parecia precisar de ajuda.

Agora tudo fazia sentido! O desespero da Natália, a mancha marrom na água e as leves coceiras no corpo após o mergulho. Perceber que aquele rio e todos os seres vivos que viviam nele estavam precisando de socorro, foi muito assustador para todos.

— Espero, do fundo do meu coração, que a partir de hoje vocês busquem fazer diferente e se conscientizem dos seus hábitos para proteger o bem mais precioso da humanidade: A natureza é a nossa grande mãe! — finalizou Caio, de forma impactante, sua aula relâmpago.

— Agora podem, com cuidado, desbravar esses arredores e conhecer a floresta com seus próprios olhos — liberou a professora.

Os alunos entraram na mata e foram senti-la de perto. Cada aluno tomou uma direção. Caio fez questão de sinalizar até onde era o perímetro limite que os alunos deveriam circular para ninguém se perder.

Biel entrou com cuidado, pois lembrou-se do conselho do seu pai. Pediu licença para as árvores e para os animais até criar coragem para começar a desbravar aquele novo mundo. Ao andar um pouco mais adiante, Biel logo avistou uma árvore gigantesca.

Foi se aproximando e olhando para cima, mas ainda não conseguia enxergar o topo da árvore. Provavelmente era a maior árvore que ele já tinha visto na vida, muito maior do que os grandes prédios da sua cidade. O tronco era bem gros-

OS 2 GUARDIÕES DA RAINHA DA FLORESTA **85**

so para sustentar seus galhos, que se espalhavam por todos os lados formando uma vasta penumbra no chão. Além disso, parte de suas raízes se entrelaçavam no solo como se fosse uma grande teia. Biel aproveitou para tirar uma foto e registrar aquela beldade. Depois, fechou os olhos e tocou nela.

Pela primeira vez na vida, ele estava diante da Rainha da Floresta.

Naquele momento, apareceu novamente a cena em sua mente de uma aldeia pegando fogo. Ele teve uma visão de um guerreiro indígena com o rosto pintado de vermelho que parecia ser o mesmo índio dos seus sonhos nas noites passadas.

Biel abriu os olhos meio assustado e pensou:

— O que essa mensagem repetida está querendo me dizer?

Não tinha mais como ele ignorar aquele sinal. Porém, ele também ainda não conseguia compreender o seu significado.

— Você precisa de ajuda? Parecia que estava se tremendo com as mãos grudadas na árvore — perguntou Natália preocupada, se aproximando de Biel e pegando-o de surpresa.

—Tá tudo bem, eu acho. — respondeu ainda confuso com o que tinha acabado de ver.

Biel se afastou da árvore gigante e se despediu dela lentamente passando a mão no seu tronco áspero. Continuou sua trilha para explorar mais um pouco a mata fechada. Seus pés pisavam nas folhas úmidas que caíam do alto fazendo um pequeno ruído. Observou as formigas se movimentando em harmonia enquanto subiam nos galhos, carregando pequenas sementes amarelas. Sentiu o aroma das plantas que lembrava o sabor de menta misturada com hortaliça. Era muito especial reverenciar toda a beleza da natureza.

Ao voltar para o ponto de encontro, Biel mostrou a foto da árvore gigante para o biólogo Caio.

— Olha só! Você foi bem certeiro nesse passeio, Biel. Encontrou a Samaúma! Uma árvore majestosa! Ela é a rainha da Floresta Amazônica. Estamos falando de um ser vivo de centenas de anos e que algumas já chegaram a ter até 88 metros de altura! Isso equivale a um prédio de pelo menos 20 andares. Um ser vivo dessa envergadura está ligada a nossa ancestralidade, as raízes dela estão nessa terra há muito tempo, bem antes de nós. De acordo com os povos indígenas, na base da Samaúma há um portal, invisível aos olhos humanos, que conecta esta realidade com o universo espiritual. Segundo eles, os seres mágicos das matas entram e saem por esse portal.

O biólogo Caio aproveitou para alertar os alunos:

— Quando as grandes árvores da floresta, como a Samaúma, são cortadas, o solo ao seu redor fica duro e quente. E isso é muito perigoso, porque são justamente essas árvores que bebem a água da chuva e a guardam na terra.

Todos pediram para Biel mostrar novamente a foto. Ironicamente, seus colegas tinham passado na frente dela, mas não chegaram a reparar na grandeza dessa árvore ao vivo.

— Pessoal, eu sei que o passeio está legal. Mas, o Seu Jaime acabou de chegar para nos levar de volta para a pousada, porque amanhã vamos fazer a trilha mais esperada por vocês. Vamos conhecer a aldeia da tribo Pataxó! — avisou a professora de História.

Todos comemoraram de alegria! Os dias estavam sendo incríveis.

Cada aluno foi se despedindo de Caio e agradecendo pelos seus profundos ensinamentos.

Na vez de Biel se despedir, Caio fez questão de avisar olhando fixamente para ele:

— A magia está sempre diante dos nossos olhos, mas nem todos estão preparados para enxergar. Lembre-se sempre que os lábios da sabedoria estão fechados, exceto para os ouvidos do entendimento.

À noite, quando os estudantes reuniram-se para jantar, alguns aproveitaram para compartilhar suas aventuras pessoais que tiveram no meio da mata. Marcelo e Guilherme contaram sobre os bichos estranhos que viram nos galhos. As meninas mostraram os cristais coloridos que acharam nas rochas. E todos começaram a rir quando lembraram da queda do Rafael na lama, onde manchou a parte de trás da sua calça.

As horas foram passando e, aos poucos, os estudantes foram subindo para os seus quartos, com exceção, de Natália e Biel. Os dois ficaram até mais tarde conversando e trocando carícias escondidas por baixo da mesa para não levantar suspeitas.

Do outro lado do salão de jantar, o senhor Jaime e a professora de História conversavam sobre como seria o roteiro até a aldeia indígena no dia seguinte. O senhor Jaime, com toda a sua simpatia, fez questão de preparar uns drinks com frutas nativas da região para tomarem enquanto anotavam pontos importantes.

O guia também aproveitou para oferecer à professora um pouco de um líquido bem pastoso da cor roxa, que ele chamava de "Verdadeiro açaí do Brasil".

— Nossa, mas ele é muito amargo! — reprovou a professora.

— Assim que é gostoso, bem forte! O que vocês tomam na cidade é xarope de açaí, é tão doce quanto o mel.

A professora se divertia degustando os vários sabores diferentes dos frutos da região.

Biel e Natália decidiram finalmente subir. Eles deram boa noite para a professora e para o senhor Jaime, mas antes de saírem do salão conseguiram ouvir o guia oferecendo uma última semente vermelha de mamona, que ele alegava fazer muito bem para o estômago e para a pele.

— Acho que o Seu Jaime tá dando em cima da nossa professora e quer conquistar ela com culinárias exóticas — brincou Biel dando risada.

— Mas eu acho que ele não tem chance nenhuma com ela. Ele é muito mais velho e as piadas dele são sem graça — respondeu Natália.

O casal entrou no elevador e, com o coração disparado, Biel encostou seu nariz no pescoço dela:

— Esse seu perfume me deixa doido! Você é a mais cheirosa das rosas, sabia?

— Então, aproveita.

O casal finalmente deu um beijo mais prolongado, aproveitando cada segundo até precisarem tomar seus rumos em lados opostos do corredor. Antes de se despedirem, Biel sutilmente escondeu uma pequena flor vermelha no bolso da jaqueta dela.

No dia seguinte, todos acordaram animados. Os alunos estavam super ansiosos para conhecer a aldeia indígena.

Chegando próximo ao horário de saída que havia sido combinado anteriormente, ainda faltava a presença de uma pessoa. A professora de História ainda não tinha descido do seu quarto e os alunos começaram a ficar preocupados.

Biel resolveu ligar para o celular da professora. Depois de três tentativas, ela surgiu na área comum da pousada. Estava pálida, com uma expressão de dor no rosto, e pediu para que os alunos fizessem silêncio.

— Turma, é o seguinte: Acordei com quase quarenta graus de febre. Eu sinto muita dor no corpo. Eu não consigo acompanhar vocês na trilha de hoje. Mas, já comuniquei aos diretores do colégio e eles disseram que não há problema em vocês seguirem com o nosso experiente e querido guia. Ele levará vocês até a aldeia e os trará de volta ao final do dia.

E a professora, com certa dificuldade, ainda deu uma última orientação para os alunos:

— Eu peço que cada um de vocês, ao chegar na aldeia, escolha um indígena para formar uma dupla e conhecer mais sobre a cultura e o estilo de vida deles. Essa será a tarefa de hoje. Agora preciso voltar para o quarto e descansar. Seu Jaime deve chegar em alguns minutos. Esperem aqui, por favor.

Desconfiados, os alunos compartilharam algumas hipóteses do mal estar da professora:

OS 2 GUARDIÕES DA RAINHA DA FLORESTA **89**

— Será que foi o mercúrio do rio? — questionou Raquel.

— Acho que ela pode ter sido picada por algum bicho — palpitou Rafael

— Não, talvez tenha sido algo estragado que ela comeu — disse Guilherme.

Após alguns minutos, uma van branca estacionou bem na frente da pousada.

— É o seguinte, hoje eu vou precisar muito da colaboração de vocês. Dessa vez, eu serei o único responsável por levar todos vocês para dentro da Floresta Amazônica. Eu vou guiá-los até a aldeia Pataxó. Vamos precisar pegar três horas de barco rio adentro e mais duas horas abrindo caminho pela mata. É bom vocês saberem também que o povo Pataxó é bastante isolado e não gosta de receber visitas.

Antes de os alunos comentarem algo a respeito, Seu Jaime prosseguiu sua fala:

— Mas, aconteceram algumas situações graves nos últimos meses que os fizeram abrir novamente a aldeia para visitantes. Então, vocês são bem sortudos de fazer esse contato, mas não se assustem se acharem que eles são meio selvagens. É uma aldeia formada por guerreiros. De qualquer forma, se algo acontecer, nós temos como nos defender também — finalizou Seu Jaime com uma dose de perversidade olhando para sua espingarda.

— Entrem na minha van agora e vamos logo. Vocês podem tirar suas dúvidas durante a viagem. Adiantem! Vamos!

Biel reparou que quando Seu Jaime tirou o chapéu para ajeitar o seu pouco cabelo, revelou uma grande cicatriz na testa que não tinha sido vista ainda. E achou curioso que ele estava de óculos e com um pano preto que cobria seu pescoço e parte da boca, como se fosse uma máscara. Parecia que ele estava preparado para uma guerra, e isso causou muito medo nos alunos. Eles se sentiram completamente desprotegidos para atravessar a floresta, pois estavam vestindo apenas camisetas e shorts, que deixavam muitas partes dos seus corpos expostas.

Além disso, Biel também não gostou muito da *vibe* do guia durante aquela fala. Achou-o com uma postura arrogante e não entendeu bem o motivo de ele carregar uma espingarda no ombro e mencionar aquele papo de se defender dos indígenas.

Biel lembrou-se de tirar seu celular novo que estava carregando na tomada e o guardou em sua mochila junto com a sua caneta-lanterna. Ele estava motivado para finalmente conhecer profundamente o coração da floresta.

A van partiu e lá se foram eles até o porto da cidade.

No meio do caminho, Biel fez questão de mandar um áudio para seus pais, dizendo que os amava muito e que a viagem estava sendo muito divertida. Contou que ele e a turma estavam indo para dentro da floresta visitar uma aldeia indígena.

A van chegou no porto da cidade, e os alunos se dividiram em dois barcos. Era hora de seguir o fluxo do rio rumo a locais bem distantes da civilização e de difíceis acessos. Biel sentia como se estivesse entrando em um poderoso portal.

A cada hora de viagem, os alunos ficavam encantados com a força do rio e seu gigantesco volume de água. Alguns viram jacarés repousando e até antas se hidratando nas margens. A mata ia ficando cada vez mais fechada e, em certos momentos, o barco entrou em locais tão estreitos que todos precisavam abaixar a cabeça para não se prenderem nos galhos. Em vários cantos, a luz do sol não atravessava a densa vegetação e a temperatura ia esfriando.

O barco parecia ter sido recém pintado de branco, pois exalava um cheiro forte de tinta fresca que lhe dava um aspecto de novo. A parte interna era esculpida em uma resistente casca de tronco de árvore chamada vinhático, que lembrava uma canoa. Não era muito confortável, mas eficiente. Os alunos evitavam fazer movimentos bruscos para não correrem o risco de virar o barco e afundar.

Depois de horas percorrendo o caminho do rio, o barco começou a desacelerar e chegou mais próximo a um banco de areia.

— É aqui que vamos sair! Preparem-se para descer das canoas — gritou o senhor Jaime.

Os nativos que acompanharam os jovens ao longo do percurso ajudaram cada um a descer do barco e depois se despediram.

Antes de irem embora, eles avisaram em bom tom:

— Seu Jaime, estaremos de volta às dezoito horas, no pôr do sol. Não atrase porque você sabe que a floresta à noite é perigosa e esses garotos não estão acostumados com ela.

O senhor Jaime olhou para os nativos com desprezo e respondeu virando as costas:

— Vocês vão me esperar até eu voltar. Mas é claro que eu não vou andar na floresta à noite com um bando de crianças.

Em seguida, olhou ele para os jovens e, sem demonstrar muita paciência, ordenou aos gritos:

— Todos em fila! E fiquem bem atrás de mim, vou abrindo os caminhos. A trilha é longa, preparem-se!

— O que deu nele? Acordou muito chato hoje! — comentou Marcelo para Biel.

— Pois é, chato e armado — respondeu Biel apontando para a espingarda preta no ombro e depois para o facão extremamente afiado pendurado na cintura dele.

— Ele deve ter ficado revoltadinho porque a professora não pôde acompanhar a gente nessa trilha e não tem ninguém para rir das piadas sem graça dele — comentou Natália.

Todos foram caminhando enfileirados, muito atentos a cada passo. Ao entrar mais profundamente na floresta, Biel percebia a importância de ficar em silêncio. Era um momento de concentração total. Ouvidos e olhos bem vigilantes. A floresta causava uma sensação de imprevisibilidade. Era como se a qualquer momento pudesse acontecer algo.

Ao mesmo tempo que assustava e causava uma sensação de alerta, ela também era extremamente sedutora.

A energia daquele lugar era cativante. Só se ouviam os sons da água e de pássaros cantando. Tudo em perfeito equilíbrio e harmonia. Tinham muitas árvores de diferentes tamanhos e diversas plantas rasteiras. O caminho era bem fechado, a trilha era muito estreita e, por isso, todos estavam bem próximos a poucos centímetros de distância. Já não era possível enxergar o céu, pois as folhas das copas das árvores formavam um grande teto verde escuro.

— É estranho se sentir em casa em um lugar que você nunca visitou? — perguntou-se Biel mentalmente.

— Isto é voltar para casa. Esse estado natural é a nossa essência — respondeu uma voz ecoando pela sua cabeça.

Biel percebeu que, desde que teve o primeiro contato com a floresta, já tinha recebido muitos aprendizados. Bastava observar o ritmo da natureza e a beleza por trás de cada ser que já se sentia muito mais conectado com algo maior. A natureza oferecia um sossego e contentamento que ele não tinha noção de que era possível encontrar. Biel estava se sentindo mais preenchido.

— Se todas as pessoas da cidade experimentassem um pouquinho dessa sensação, provavelmente não voltariam a viver a sua vida no ritmo frenético da cidade — pensou Biel já considerando morar mais próximo da floresta quando fosse mais velho.

Inclusive, uma grande lição aprendida foi quando ele percebeu que várias vezes, durante a caminhada, seus pensamentos viajavam para o futuro, querendo imaginar logo como seria a chegada na aldeia. Mas, isso fazia-o perder o encanto pelo presente momento, ignorando os detalhes ao redor da trilha.

Ao conseguir voltar a sua atenção para o "agora", no passo dado naquele exato momento, o brilho voltava e a magia aparecia novamente, como o biólogo Caio tinha dito anteriormente. Tudo era mágico enquanto Biel conseguia manter a presença no aqui e agora.

OS 2 GUARDIÕES DA RAINHA DA FLORESTA **93**

Ele sentia novamente o cheiro das plantas, tocava com a ponta dos seus dedos nos duros troncos das árvores, se pendurava em alguns galhos para testar a resistência deles, via a beleza nas teias de aranhas e a perfeita organização dos ninhos de animais. Toda aquela diversidade de vida bem diante dos seus olhos.

— Será que na vida também esquecemos de reconhecer a magia à nossa volta por estarmos tão focados na linha de chegada? Talvez estejamos com tanta pressa em conquistar e alcançar determinados objetivos que acabamos esquecendo de aproveitar e desfrutar a jornada — refletiu Biel.

Depois de duas horas de caminhada, as meninas já estavam se queixando de dor nos pés e imploraram ao Seu Jaime uma rápida parada, pois elas precisavam descansar.

— Eu não quero saber do problema de vocês. Não perguntei nada! Mulheres sempre dão trabalho! A minha função aqui é levar e trazer vocês da aldeia, e de preferência vivos — finalizou Seu Jaime com uma gargalhada alta e solitária.

Biel, que estava já irritado com a postura do guia, decidiu travar toda a fila atrás dele.

— Nós vamos parar por cinco minutos sim! As meninas estão com dor nos pés e precisam descansar um pouco. Seu Jaime vai precisar ter mais respeito pelas pessoas.

Os colegas concordaram que era uma atitude sensata e que aqueles cinco minutos não fariam tanta diferença.

— Olha aqui, seu moleque idiota, você me obedeça porque quem manda aqui sou eu. Se eu não falar pra parar, todo mundo continua andando. Na próxima vez que você fizer isso, vai ficar ruim pro seu lado, tá entendendo? — falou Seu Jaime segurando com força pela gola da camisa e apressando novamente a fila de estudantes com passos largos pela trilha.

O clima ficou pesado. Todos estavam assustados com a postura do senhor Jaime.

Biel falou baixinho para seus colegas:

— Calma, calma, tá de boa. O senhor Jaime é só uma pessoa que não teve educação e não sabe se expressar direito. Se ele é um guia famoso e experiente na região, devemos confiar no trabalho dele. Ruim com guia, muito pior sem guia — brincou Biel trazendo leveza e riso para seus colegas.

Porém, no fundo, sem querer demonstrar para os outros, Biel já tinha sinais suficientes para acreditar que Seu Jaime não era uma pessoa com boas intenções. Ele reparou que o senhor matava os insetos pelo caminho e destruía várias plantas lindas sem necessidade. Também percebeu que ele havia desrespeitado os nativos durante a travessia de barco e estava encarando as meninas com um olhar bastante agressivo. Além de querer sempre intimidar os outros com sua espingarda.

De qualquer forma, Biel decidiu manter seu foco em tentar extrair boas lições naquele restante da trilha por mais alguns minutos.

— Chegamos! Venham nos receber, seu bando de índios ignorantes! — gritou o senhor Jaime após uma gargalhada maléfica imitando uma dança esquisita.

Os alunos foram aos poucos se aproximando da aldeia, e os primeiros indígenas começaram a sair das suas malocas. Biel contou aproximadamente que havia entre trinta e quarenta indígenas espalhados. Eles estavam pintados com tintas azuis e brancas e usavam longas penas de araras vermelhas em seus braços.

Biel estava convencido de que já tinha visto muitas vezes aquela mesma aldeia em seus sonhos.

CAPÍTULO 9

O GRANDE ENCONTRO

Algumas crianças indígenas saíram correndo em direção aos jovens recém-chegados e os puxaram para conhecer a aldeia.

Biel pegou o celular e ligou a câmera, mas reparou que sua bateria já tinha descido para quase metade.

— Bem, talvez eu devesse poupar a bateria em vez de ficar tirando foto. Essa é uma cena que eu prefiro guardar na minha memória do que no rolo de câmera — concluiu Biel olhando atentamente aquela linda paisagem.

A aldeia era um clarão no meio da floresta, rodeada em círculo pelas malocas onde os indígenas moravam. No centro, havia uma espécie de fogueira em cima de grandes rochas onde eles consagravam suas cerimônias e, mais ao fundo, avistava-se uma trilha lamacenta, parecida com um manguezal, que seguia até o rio. Havia também uma casa de madeira com mesas compridas e bancos onde os indígenas faziam suas refeições. Logo ao lado, uma horta com várias espécies de plantas mostrava o quanto a natureza era abundante.

Os alunos repararam também em uma enorme estrutura circular feita de bambu, chamada de Oca-mãe. O local era coberto por um teto de palha e, segundo os Pataxós, era considerado o ambiente mais sagrado para eles cultuarem os seus "Naô" que são espíritos e também os seres encantados da floresta.

O senhor Jaime se afastou e manteve-se mais isolado, como se não quisesse muito contato com aquelas pessoas, parecia visivelmente desconfortável no local.

Uma indiazinha bem pequenina com olhos puxados, longo cabelo preto e um sorriso contagiante pegou Biel pela mão como se já o conhecesse. Ela repetiu três vezes seu nome enquanto dava risada com um sorriso banguela e apontava para o seu coração.:

— Janaína, Janaína, Janaína!

— Oiii Janaína, tudo bem? É um prazer te conhecer! Eu sou o Biel!

Biel foi então conduzido por ela para perto das malocas, todas feitas de palha, barro e amarradas em bambus. Ele passou na frente da grande fogueira, prestes a ser acesa no centro da aldeia, e ficou novamente com a sensação de já ter visto aquela cena anteriormente.

Janaína abraçou a perna de Biel e saiu correndo para brincar na terra com seus irmãos. Minutos mais tarde, ela voltou segurando um bebê nos braços que chorava incomodado. Ela teve força suficiente para levantá-lo até a altura dos braços de Biel que não teve outra opção senão carregá-lo meio sem jeito e dar-lhe um beijo na testa.

Os indígenas ao redor deram risada da cena e fizeram algumas piadas em sua língua nativa que Biel não conseguia entender. Ele devolveu o bebê com o máximo de cuidado para a pequena Janaína e continuou andando por toda a aldeia.

Aos poucos, os alunos foram desbravando o espaço. Todos já estavam descalços sentindo a leveza de tocar a sola do pé naquela terra macia.

Uma mulher com um olhar acolhedor e um sorriso simpático surgiu juntamente com um homem forte e ligeiramente mais baixo que ela. Ambos pareciam ter a mesma idade, entre trinta e quarenta anos. Eles convocaram os alunos para se juntarem na frente da horta onde faziam suas refeições.

— Olá, meninos e meninas! Sejam muito bem-vindos a nossa aldeia Pataxó. A nossa casa é que nem coração de mãe e sempre cabe mais um. Não importa a sua religião, cor ou gênero, porque se chegarem aqui com boas intenções, vamos

OS 2 GUARDIÕES DA RAINHA DA FLORESTA **97**

recebê-los sempre com carinho e amor. Infelizmente, muita gente só conhece a nossa história em livros, mas nunca visitou uma aldeia para ver com seus próprios olhos. Nós estamos muito felizes com a presença de vocês! Eu sou uma das lideranças do povo Pataxó, meu nome é Tapy. E esse aqui comigo é o meu braço direito, meu parente, o guerreiro Biraí.

— É uma grande satisfação voltar a receber visitantes em nossa aldeia, especialmente garotos jovens de bom coração. Aceitamos o convite da sua escola para compartilhar um pouco com vocês hoje sobre a nossa cultura e o nosso estilo de vida. Vamos formar uma roda dentro da nossa Oca-mãe para fazermos juntos a melhor aula de história da vida de vocês — comentou Biraí animando os alunos.

— Mas, antes da gente entrar no nosso espaço sagrado da Oca-mãe, precisamos limpar a sujeira da cidade que vocês ainda carregam. Quem aqui já tomou um banho de folhas? — perguntou Biraí aos alunos dando risada enquanto separava algumas plantas.

Ninguém sabia do que ele estava falando. Mas, os alunos logo fizeram fila um atrás do outro para experimentar o banho.

A indígena Tapy pegou um pequeno balde de barro e o encheu com a água que esquentava acima da fogueira. Misturou algumas plantas e as amassou com a mão. Um pouco antes de jogar essa água em Rafael, que era o primeiro aluno da fila, ela fez questão de explicar novamente o motivo daquele ritual.

— O banho de folhas é para limpar as más energias, porque no nosso dia a dia acumulamos energias que não são só nossas, mas também de outras pessoas ou de situações ruins que atrapalham o nosso caminhar. A gente toma esse banho para descarregar as energias pesadas. Nessa água, temos misturadas folhas de amesca, guiné, arueira, manjericão, alecrim e arruda. Essa é a magia da floresta!

Cada aluno foi se aproximando para se banhar com uma ducha daquela água quentinha e com cheiro relaxante de ervas.

98 *O Mensageiro*

Após o último aluno receber o banho de folhas, a indígena Tapy fez questão de iniciar a cerimônia com todos os alunos e membros da aldeia - com exceção do senhor Jaime, que se manteve próximo à trilha, sem pisar dentro da aldeia.

— Por favor, entrem todos na Oca-mãe e sentem-se de olhos fechados, vamos passar nosso incenso natural. Precisamos nos conectar profundamente antes da nossa conversa, por isso, é importante purificar o corpo e o espírito de todos nós. A fumaça que sai do incenso também serve para proteger o nosso espaço de ataques de energias negativas.

Aquela fumaça cinza logo tomou conta da Oca-mãe. Todos receberam sopros de fumaça na frente e atrás dos seus corpos. A temperatura esquentou e o cheiro forte fez alguns alunos desacostumados tossirem.

Finalmente, o indígena Biraí levantou e pediu para que todos mantivessem-se sentados e dessem as mãos para formar um grande círculo.

— Tudo o que fizemos até agora não é de nenhuma religião. É apenas parte da nossa cultura e de como vivemos. Em nossa casa, praticamos rituais, rezamos, cantamos músicas ancestrais, reverenciamos os encantados, assim como a lua e o sol. Esse é o nosso estilo de vida.

Os alunos pareciam hipnotizados, não falavam nenhuma palavra e continuavam olhando fixamente para todas aquelas cenas. Ninguém ousou questionar absolutamente nada. Era uma experiência completamente diferente que eles jamais tinham vivenciado.

Biraí e Tapy, numa tentativa de criar um ambiente mais acolhedor para os alunos, sugeriram a seguinte atividade:

— Agora, nós queremos ouvir de vocês tudo o que pensam ou já pensaram sobre o povo Pataxó ou de outros povos indígenas que vivem na floresta. Queremos compartilhar a verdadeira mensagem da floresta para mais pessoas da cidade.

Rafael foi o primeiro a levantar a mão e, sem refletir muito, falou com um tom de voz alto:

— Ouvi dizer que os índios são muito preguiçosos e não gostam de trabalhar. É verdade isso?

Alguns indígenas olharam de cara feia, fuzilando-o com os olhos. Cochicharam entre eles algo que não se podia ouvir, mas que evidentemente demonstrava que aquela frase não tinha sido bem recebida.

Uma tensão repentina se instalou no ar e uma reação por parte dos Pataxós diante daquela ofensa era inevitável.

Biraí precisou conter os ânimos e pediu para que todos fizessem silêncio.

— O jeito que vocês falam pode nos machucar ou machucar a história dos nossos ancestrais. Eu peço respeito na hora de revelar seus pensamentos para que a gente evite qualquer tipo de discórdia aqui.

Rafael logo buscou reparar seu erro e comentou:

— Perdão, eu não quis ferir a honra de vocês, mas sempre li nos meus livros de história que quando começou a colonização no Brasil, vocês não eram uma mão de obra eficiente, porque não gostavam de trabalhar para os portugueses. Aí, eles tiveram que atravessar o oceano até a África para conseguir uma mão de obra escrava mais obediente.

— Eu entendi a sua confusão, mas existe muita história antes de 1500. Por exemplo, imagine que você está na sua casa e, de repente, chega uma pessoa estranha que começa a falar que quem manda na sua casa agora é ela. Em seguida, ela te obriga a trabalhar de maneira forçada e depois ainda te faz de escravo. Será que você aceitaria esse "trabalho" ou ia resistir?

Quando um pequeno ruído começou entre os alunos, Biraí decidiu complementar sua fala:

— Se o seu livro de História foi escrito por alguém que não sabia disso e que nunca visitou uma aldeia, ele não conhece realmente a história e vai acabar repassando as mesmas crenças mentirosas para as próximas gerações.

Maria tomou coragem e se sentiu confortável de disparar uma outra questão para a indígena Tapy:

— Tapy, eu sempre achei que vocês não tinham roupa, celular ou essas coisas da cidade. Mas, eu vi que vocês aqui são bem diferentes dos indígenas que eu via nas imagens dos livros. Vocês são índios de verdade mesmo?

— Não, não somos "índios". Índio é o termo que vocês da cidade usam desde a época de 1500, quando o Brasil foi invadido pelos portugueses e eles achavam que tinham chegado na Índia. E vocês repetem esse nome até hoje, chamando todos os diferentes povos da floresta de uma coisa só: Os índios.

Alguns indígenas deram risada pela forma dura e direta que a pergunta foi respondida e viram o espanto que a resposta causou na expressão dos alunos.

— Desculpa, eu não sabia que esse era um termo que carregava tanto preconceito. Então vocês podem usar tecnologia dentro da aldeia?

Tapy abriu um sorriso e de um jeito mais doce falou:

— Olha, existem muitos preconceitos que ainda precisam ser desconstruídos, mas fico feliz que você teve coragem de revelar um deles aqui. O meu povo é o povo Pataxó, eu não posso falar pelos outros povos. O que vocês chamam de "índios", na verdade são os povos originários desse país. Nós estamos aqui bem antes dos portugueses e temos várias línguas, costumes e rituais. Cada povo segue aquilo que acredita. O meu povo é aberto à tecnologia desde que ela seja usada para o bem da nossa aldeia.

Maria rebateu:

— Mas os tais "povos originários" só são considerados povos originários porque vivem isolados, sem acesso a essas coisas da cidade, certo? Se vocês começarem a usar nossas roupas, celulares e carros, na minha opinião, vocês não serão mais indígenas.

Tapy, de um jeito muito paciente, provocou:

— Então, os portugueses continuam usando as mesmas roupas desde 1500? Eles também navegam em caravelas? O seu povo da cidade parou no tempo e não mudou nada durante sua história? Por que somente nós, povos originários, temos que ficar presos ao passado? Quer dizer que se eu tiver um celular hoje para falar com meus parentes que vivem do outro lado da floresta, eu perco minha identidade? A gente precisa correr pelada dentro da mata para você respeitar nossa cultura, Maria? Será mesmo que não temos o direito de usar uma roupa de algodão feita na cidade ou morar fora da floresta?

Maria não sabia que a Tapy tinha gravado seu nome e se sentiu constrangida de ter expressado uma ideia com tanto desrespeito. Ficou reflexiva ao ponto de permitir uma lágrima cair do seu olho.

Guilherme já estava achando aquela conversa muito confusa, não sabia bem em quem acreditar. Parecia que tinha aprendido tudo errado nos livros e já não aguentava mais ficar ouvindo aquelas lições de moral. Então, tratou logo de apressar o encerramento daquela conversa fiada.

— As formigas já estão me picando aqui, não podemos ficar sentados muito tempo ou vamos ser devorados.

Um indígena mais velho logo atrás dele falou baixinho tocando em seu ombro:

— Se você estivesse imobilizado numa cadeira de rodas, você iria desejar sentir algo nas pernas, até mesmo uma picada de formiga. Não é tão ruim sentir essa dor, né?

Guilherme ficou paralisado em estado de choque com o que tinha acabado de ouvir e permaneceu sentado.

Biraí e Tapy suspenderam um pouco a roda de perguntas e respostas e decidiram falar um pouco sobre a história do povo Pataxó para os alunos:

— O nosso povo vivia no litoral do Brasil, mais precisamente no sul da Bahia, bem próximo de onde está localizada a escola de vocês e o lugar em que moram. Provavelmente, alguns dos nossos ancestrais são os mesmos dos seus. Mas, com o passar dos anos, nosso povo foi perdendo seu território. Nossas terras foram ocupadas, nossas casas invadidas e a natureza destruída. Infelizmente, quase não tínhamos mais espaço para morar lá, pois o povo da cidade passou por cima de nossas casas.

Os alunos ouviam atentamente cada palavra e Tapy continuou:

— Até que um dia aconteceu um dos piores episódios da nossa história recente: Um grande massacre na nossa terra, conhecido como o fogo de 51. Quase todos os anciões e jovens do nosso povo foram dizimados. Fazendeiros invasores incendiaram nossa Aldeia-mãe da Barra Velha e nos expulsaram do nosso próprio território, fomos obrigados a fugir para o único lugar que ainda resta uma floresta de pé. Por isso, estamos morando aqui hoje, na Floresta Amazônica.

Tapy suspendeu a fala, olhou profundamente no olho de cada aluno e falou:

— Estamos na resistência para preservar nossa história e impedir que a ganância do homem da cidade acabe com toda essa natureza ao nosso redor.

Biel, que estava mais introspectivo desde a sua última interação, ficou chocado com aquela informação. Será que o bairro em que ele morava já tinha sido uma aldeia muitos anos atrás? Será que a ladeira da sua casa era onde os pequenos Pataxós jogavam bola? O quanto de sangue havia sido derramado naquele solo para hoje em dia ter uma selva de pedra no seu bairro chamado Pituba?

Todos esses questionamentos o faziam se sentir culpado e com um sentimento de dívida para com aquelas pessoas.

— Pessoal, como vocês se sentem com o fato de serem obrigados a negar a sua própria cultura? — perguntou Biel.

Tapy tomou a frente novamente e declarou:

— Muito triste. É por isso que, mesmo sendo tímida, eu tive que aprender a falar alto para me ouvirem. Eles querem que a gente esqueça de quem nós somos, mas não vamos permitir que isso aconteça. Eles machucaram nossos ancestrais, torturaram e calaram muitos dos nossos mais velhos. Nós, que somos a geração mais nova, não podemos ser covardes.

E com a firmeza de uma guerreira, falou olhando para cima:

— Exigimos que os nossos direitos sejam respeitados. O nosso direito à terra. O nosso direito de viver.

Visivelmente emocionada, após uma breve pausa, ela retomou sua fala:

— Se os poderosos continuarem avançando e poluindo, não terão mais peixe para alimentar nosso povo. Não vai ter mais casa para morar. Vocês imaginam um futuro sem árvores? Sem água? Sem vida? Vocês acham que vai ser fácil viver no nosso planeta se tudo aqui virar deserto? Então, a gente precisa defender a floresta com unhas e dentes.

Um grande silêncio imperou na Oca-mãe e só se ouvia o ruído das cigarras. Aquela conversa mexeu com todos.

— Chegou a hora de fazer o nosso canto em homenagem aos nossos antepassados — falou Biraí, fazendo o gesto para todos levantarem.

Os Pataxós se reuniram em duas fileiras de homens e mulheres, e as filas foram andando em círculos nos sentidos opostos. Um guerreiro jovem, que estava com o rosto todo pintado, usava um cocar colorido e puxava a fila dos homens. Ele tocava um tambor enquanto seus parentes balançavam os maracás. As mulheres seguiam no mesmo ritmo e a música começou a ser cantada em coro:

"Foi na aldeia Barra Velha onde o massacre aconteceu. Mataram nossos irmãos, foi com o awê que fortaleceu. Vamos lutar Pataxós, pelos parentes que morreram"

Os alunos desabaram em lágrimas, sentindo a dor daquela canção. Eles agora pareciam estar conectados com o sofrimento dos Pataxós e com as tantas injustiças que eles viveram.

Em poucas horas, muitos dos seus julgamentos e preconceitos foram desaparecendo e deram lugar a um sentimento de empatia e união.

Aos poucos, alunos e indígenas foram saindo da Oca-mãe, se dispersando por toda a aldeia.

CAPÍTULO 10

RODA NA FOGUEIRA

Biel avistou no canto da aldeia uma senhora muito velha, com uma expressão bem triste. Ela era bem baixinha, tinha olhos puxados e um cabelo longo preto com franja. Estava sozinha, sentada, orando para uma espécie de altar.

Biel sentiu vontade de convidá-la para ser sua dupla na tarefa que a professora de História tinha solicitado na pousada.

— Olá, Tudo bem? meu nome é Biel e gostaria de agradecer por vocês terem aberto as portas das suas casas para nos receber.

— Não temos escolha. Precisamos urgentemente que pessoas boas saibam da nossa realidade e que defendam a floresta.

— O que exatamente está acontecendo aqui na floresta?

— Desde que os homens da cidade vieram se misturar entre nós, tudo começou a dar errado. Eles vieram até aqui querendo roubar nossas terras e hoje disparam suas espingardas contra nós quando ficam irritados. Agarram as mulheres jovens da nossa aldeia para forçá-las a ficarem com eles e nos deixam doentes quando trazem os vírus da cidade para cá. Muitos de nós morremos de suas epidemias — respondeu a anciã, contendo as lágrimas.

— Nossa, Que absurdo! Mas diante dessa situação, por que vocês aceitaram nos receber aqui hoje se também viemos da cidade?

— Acreditamos na força das crianças e dos jovens. Precisamos jogar as nossas sementes em terrenos férteis, ou seja, na cabeça de um jovem como você, que ainda não está contaminada pelo veneno da ganância. Vocês são capazes de fazer a mudança que a humanidade precisa. Confie no que eu estou falando.

— Faz sentido, eu confio. E como podemos ajudar vocês?

— Primeiro, mudando essa forma de pensar. Vocês não estão somente nos ajudando, estão preservando a floresta, ela é um bem comum para toda humanidade. A mãe natureza é a casa de todas as criaturas. Tememos que a floresta acabe reagindo ao caos provocado pela ação dos homens e que apague a vida de todos os seres vivos, como já aconteceu no primeiro tempo. Se a gente não cuidar dela, o céu vai cair sobre nossas cabeças. E só depois de muito sofrimento e morte que se dará início ao novo tempo — falou a velha olhando para cima enquanto relembrava uma história ancestral.

— Eu espero que isso não aconteça. Você pode me contar que lendas são essas que o seu povo acredita?

— Não é lenda, é uma profecia: Quando o rio e o ar estiverem sujos, quando o ser humano tiver se perdido completamente da linha da vida, quando os animais estiverem ameaçados e as ancestrais árvores cruelmente abatidas, quando a doença e a tristeza estiverem dizimando o nosso povo, virá uma nova nação, uma nova tribo. Serão em grande número e surgirão de onde não se espera. Virão em muitas montarias. Sua magia será diferente, terão artes que desafiarão a compreensão. Serão de muitas cores, por isso esta Tribo será conhecida como Tribo do Arco-Íris. Eles virão quando o fim parecer certo, eles virão para curar a Terra.

— Eu espero que a humanidade não precise chegar até esse ponto de destruir a nossa própria casa. Como podemos unir nossas forças?

— Confiando na Rainha da Floresta e levando a mensagem dela até a cidade. Precisamos mostrar a verdade para o mundo. Quanto mais pessoas souberem que a floresta sente dor, como os humanos, que as suas grandes árvores gemem quando caem e choram de sofrimento quando são queimadas, mais aliados teremos nessa batalha.

Parou por um segundo e, olhando para Biel, a velha indígena continuou seu discurso:

— Os homens brancos da cidade nos chamam de ignorantes porque somos diferentes deles. Mas é o pensamento deles que se mostra egoísta e obscuro. Eles não conseguem ouvir o choro da floresta. E nós não conseguimos combater sozinhos as grandes madeireiras, políticos corruptos, a ganância dos fazendeiros, grileiros, garimpeiros e outros inimigos da floresta.

— É realmente muito triste ouvir tudo isso. Alguma vez vocês tentaram pedir ajuda para as autoridades?

— Desde o tempo dos nossos antigos. Mas, a nossa luta não é do interesse de quem está no poder. Nós estamos tentando impedir que o pensamento dos homens da cidade permaneça cheio de esquecimento. Hoje, os olhos deles ainda estão obscurecidos por seus desejos de ouro. São monstros comedores de terra da nossa floresta. Somos a última resistência, Biel. Somos os poucos sobreviventes que ainda mantêm a Rainha da Floresta de pé — desabafou a anciã, ajoelhando-se no chão e escorrendo suas lágrimas na terra.

— Perdão, eu sinto muito. Isso não vai continuar assim. Posso saber seu nome, por gentileza?

— Eu sou a Paará, a cacica do povo Pataxó.

— Nossa! Eu não sabia que havia caciques mulheres! É uma honra poder conversar com você — reverenciou Biel, abaixando a cabeça.

— A honra é toda minha, Biel. Eu tenho a responsabilidade de cuidar e governar a aldeia e todas as pessoas que moram aqui. O nosso último cacique e o pajé da aldeia foram brutalmente atacados até a morte durante uma invasão dos garimpeiros que queriam explorar nossas terras em busca de ouro. E eles avisaram que vão voltar, mas nós não vamos recuar! — enfatizou com força a cacique.

Nessa hora, Biel olhou ao redor procurando algum sinal de homens armados escondidos atrás das árvores.

— Não fique com medo. O medo sempre alimenta o objeto temido. Eles só atacam à noite enquanto dormimos. Agora estamos sempre mantendo nossos parentes mais valentes ao redor da aldeia.

Biel respirou fundo aliviado. E, de repente, seu olhar foi atraído fixamente para um indígena que parecia ter a sua mesma idade, apesar de ser um pouco mais baixo. Ele chamava atenção pelo seu rosto pintado de vermelho, corpo robusto e postura de guerreiro. Lembrou-se que talvez ele fosse o mesmo indígena que liderava a fila dos homens enquanto cantavam a música ancestral na Oca-mãe. Biel sentia que eles tinham uma forte conexão.

O indígena, agachado próximo da fogueira, estava segurando um arco e flecha enquanto olhava atentamente para o fogo.

— Aquele é o nosso grande guerreiro: Tatu! Ele está se preparando para sua importante missão. O pajé da nossa tribo, antes de morrer, teve uma revelação durante um ritual que mostrou o destino do nosso Tatu. Ele é o guardião de Gaia, a grande Mãe Terra. Por isso, Tatu foi treinado incansavelmente por nossas lideranças. Agora, ele está preparado para iniciar sua jornada de encontro ao poderoso Xamã, o curandeiro espiritual que vai nos mostrar o caminho para derrotarmos todos os inimigos da floresta.

— Nossa! Você acreditaria se eu te dissesse que não é a primeira vez que vejo ele? Pois eu tenho certeza de que ele já apareceu nos meus sonhos. Talvez nós tenhamos algum propósito juntos — declarou Biel, muito surpreso e com o corpo todo arrepiado.

— Nada nessa vida é por acaso, Biel. Siga a sua intuição. Observe os sinais. Se você está aqui e agora tendo essa conversa comigo é com a permissão e a bênção da Rainha da Floresta.

— Os sinais! Sim, eu tenho observado muitos nos últimos meses. Acho que eu devo me apresentar ao Tatu agora mesmo — despediu-se Biel, abraçando a cacique.

Biel foi em direção à fogueira e, ao se aproximar, percebeu que Tatu estava bem concentrado. Decidiu não interromper e ficou apenas observando. Ele usava um cocar colorido com penas azuis, amarelas, verdes e brancas na cabeça, e um colar de sementes pretas e vermelhas no pescoço. Tatu permanecia de olhos fechados e com os joelhos na terra, em meio a seu ritual solitário.

Ao chegar mais perto, Biel teve a confirmação nítida de já ter visto aquele rosto nos seus sonhos.

Tatu, ao finalizar sua prece, levantou-se. Olhou diretamente para os olhos de Biel e o encarou durante dez longos segundos. Nenhuma palavra foi dita. Uma tensão surgiu repentinamente entre os dois.

Tatu pegou seu arco e apontou a flecha para Biel. Mirou bem na direção do seu peito. Inspirou e soltou o ar bem devagar.

— O que você acha daquele homem mascarado lá?

— Qual homem? — Biel olhou para trás e percebeu que, na verdade, a flecha estava mirando na direção do senhor Jaime.

— Ah, o Seu Jaime é um guia estranho e tem agido de uma forma bem esquisita. Mesmo conhecendo muito bem a floresta, ele parece não se importar em cuidar dela.

— Ele não é um guia, ele é um explorador. Os exploradores não são bem-vindos pela Rainha da Floresta.

— Como assim? Ele mentiu para a gente, então. Disse que era o guia mais famoso e experiente da região.

— Guias não andam com espingardas. Ele trabalha como informante para outros homens perversos invadirem nossas aldeias. Repare que ele está contando o número de guerreiros que ainda temos e anotando no celular. É um maldito sanguessuga.

— E por que vocês não acabam com ele? Vão permitir que ele coloque a aldeia de vocês em perigo?

— Não somos iguais a ele. Não machucamos pessoas. A gente apenas se defende quando somos atacados. Já denunciamos outros invasores aos órgãos federais da cidade, mas o povo de vocês cria muita corrupção lá dentro.

— Bem que eu tinha percebido alguns sinais de que ele não é uma pessoa muito confiável — relembrou Biel.

— Quem segue plantando no caminho do bem, colhe o bem. Mas, quem planta o mal, só vai colher o mal. Algo dentro de mim diz que a Rainha da Floresta deu a última chance dele se redimir. Se ele não mudar de lado e começar a servir à floresta com amor, ela não vai mais aceitar ele aqui. E aí sim eu faço questão de expulsá-lo para sempre, vivo ou morto.

Biel ficou meio assustado com aquele diálogo. Por mais que ele não tenha gostado muito do Seu Jaime, o seu bom coração não queria que nada de pior lhe acontecesse. E, além disso, todos dependiam dele para voltar para a pousada ao final do dia.

A cacica Paará se aproximou da fogueira e, iluminada pela chama do fogo, pronunciou alto para que todos pudessem ouvi-la:

— O céu das grandes cidades está mudando de cor! Mudanças climáticas se aproximam por todo o mundo. Mas nós estaremos protegidos pela Rainha da Floresta. Nesta noite, celebraremos a nova fase da lua e, por isso, devemos começar a preparar o ritual da lua cheia. A nossa plantação e colheita dependem do ciclo lunar e nós precisamos agradecer à lua por toda abundância e prosperidade que ela nos fornece a cada dia.

Os alunos sentaram ao redor da fogueira enquanto os Pataxós se aproximavam da roda para iniciarem seus cantos com gestos de reverência aos céus.

Com muita alegria, uma cerimônia "Awê" começou na aldeia. Os Pataxós convidaram os jovens do colégio para dançar ao redor da fogueira. Todos se uniram para cantar e celebrar. Era uma linda confraternização.

Em poucos segundos, todos os Pataxós cantavam repetidamente o mesmo refrão, como se fossem uma só voz:

"Clareia, clareia, clareia Lua cheia, a terra
da nossa aldeia! Clareia lua cheia!"

Em seguida, eles se voltaram com as palmas da mão viradas para o jovem Tatu e continuaram a música:

"Vai bem, vai bem, vai bem o guerreiro Tatu, vem caçando patxatxu com sua flecha a floresta balançar...
A floresta vai balançar, na força do Maracá!"

De uma forma muito sincronizada, todos levantaram seus maracás enquanto giravam seus corpos na mesma direção. A música seguia vibrante em bom tom:

Era contagiante sentir aquela alegria durante a celebração. As horas iam passando e os homens continuavam tocando com força os tambores. As mulheres faziam sons com os chocalhos e todos juntos pitavam seus cachimbos ao mesmo tempo que agradeciam aos seres encantados da mata pela proteção da sua aldeia.

Os Pataxós pintaram também os estudantes com tintas pretas e vermelhas que produziam a partir das sementes de urucum e de outras plantas da floresta. As nuvens no céu pareciam admirar aquela festa na Terra e começaram a se aglomerar em cima da fogueira.

Tatu se aproximou de Biel, que estava mais afastado do grupo, e perguntou se ele também gostaria de receber uma pintura Pataxó.

Biel abriu um sorriso e fez um sinal positivo com a cabeça.

Com o cuidado de um verdadeiro artista e um toque suave através da ponta de uma fina casca de bambu, Tatu desenhou algumas linhas entrelaçadas que formavam uma espécie de escudo no ombro esquerdo de Biel. Após alguns minutos, a arte sagrada estava pronta.

— Kawatá ūg xohâ.

— O que isso quer dizer? — perguntou Biel com muita curiosidade.

— Esse símbolo significa coração de guerreiro. Foi o que eu senti de desenhar na sua pele.

O Mensageiro

Biel agradeceu o presente e cumprimentou-o novamente sem desviar seu olhar do poderoso símbolo que acabara de receber.

— É preciso ter um coração de guerreiro para defender esse milagre aqui! É muito triste saber que tem tanta gente interessada em destruir terras tão sagradas e sugar toda a riqueza da floresta.

— Pois é, guerreiro! As poucas áreas de floresta ainda preservadas são justamente em terras indígenas demarcadas, pois elas são protegidas por nós, os guardiões da floresta.

Biel lamentou novamente a situação e perguntou se Tatu gostaria de receber algo em troca da tatuagem:

— Eu posso te dar minha camisa que eu trouxe na mochila. Aí ficamos quites, o que acha?

— Jamais! Não me leve a mal, mas não posso aceitar esse tipo de presente vindo do seu povo. Os homens brancos da cidade jogam roupas velhas e infectadas no meio da floresta para nos contaminar, espalhar o vírus para dentro da nossa aldeia e fazer a gente espalhar a nossa própria morte — recusou Tatu com veemência.

Biel se afastou um pouco e ficou abalado com aquela história. Ele não tinha noção de que o seu povo poderia agir com tamanha crueldade contra os indígenas até hoje.

— Quer aprender a disparar uma flecha? — perguntou Tatu tentando mudar de assunto.

— Você pode me ensinar?

— Preste atenção nos meus movimentos — disse Tatu, demonstrando a postura correta para acertar um boneco feito de madeira que estava a uns quinze metros de distância.

— Você precisa se lembrar de respirar fundo, Biel. Aí aponta a flecha na direção do alvo, deixa um olho aberto mirando no seu foco e, quando seu braço estiver totalmente imóvel, suavemente você vai soltar a...

Uma rajada de vento saiu cortando a mata e alcançou bem no meio do alvo para alegria dos estudantes que se aproximavam.

Natália encostou em Biel e, tocando a ponta do seu dedo na tatuagem recém feita no seu ombro, comentou:

— Nossa, que desenho forte! Parece um amuleto de proteção.

E aproveitou para mostrar a tatuagem que ela tinha recebido no antebraço:

— Alma de guerreira, eles disseram.

— Vamos Biel, mostra para ela sua boa pontaria no arco e flecha — disse Tatu.

Biel se preparou, imitou a pose de Tatu e deu uma piscada para Natália como se soubesse exatamente o que estava fazendo. Mirou por alguns segundos e soltou a flecha.

O alvo ficou parado e a flecha passou bem longe dele. Mas, acabou acertando a árvore de trás e, por isso, recebeu alguns elogios da sua admiradora.

— A lua apareceu! Chegou a hora de me despedir— declarou Tatu.

A cacica Paará, acompanhada de Tapy, Biraí e de outras lideranças da aldeia, pediu para que todos formassem um círculo pela última vez ao redor da grande fogueira.

— O sol está começando a se pôr e queremos deixar uma lembrança da floresta para vocês antes de partirem para a cidade.

Os alunos ficaram novamente muito animados. Cada momento ao redor da fogueira era marcante e intenso. Todo segundo na aldeia era precioso e estava sendo muito especial para eles.

A cacica Paará retomou a fala:

— Gostamos de sentar em círculo ao redor da fogueira, pois é assim que passamos os nossos principais aprendizados. Mas, algo que poucas pessoas sabem é que quando estamos em círculo na fogueira, também estamos vigiando as costas dos nossos irmãos e irmãs. Assim, todos são responsáveis por proteger e vigiar os perigos e ameaças que podem vir por trás dos seus parentes.

Então, Biraí e Tapy começaram a distribuir alguns colares feitos pelas mulheres da aldeia para os alunos.

— Agora que estamos protegidos de qualquer perigo, recebam nossos presentes e lembrem-se sempre da gente e desse momento. Quem carrega um colar de sementes no pescoço, carrega também a floresta no coração.

— Olhaa a chuuuva! — gritaram os Pataxós com alegria.

Nessa hora, Seu Jaime, que parecia ainda mais irritado, ordenou bem alto em tom de desprezo:

— É hora de ir embora! Se começar a chover, vai ter criança gritando de medo na volta. Peguem suas coisas e partimos em cinco minutos.

Biel se despediu da cacica Paará e fez uma promessa:

— Eu prometo, a partir de hoje, cuidar e proteger a Rainha da Floresta.

Ela olhou no fundo dos seus olhos, como se conseguisse se conectar diretamente com seu coração, e pronunciou as seguintes palavras:

— Então, lembre-se sempre que viver para servir os outros é uma regra na natureza. Os rios não bebem suas próprias águas, as árvores não comem seus próprios frutos, o sol não brilha para si mesmo. A palavra tem muito poder, Biel. Mas, a força de vontade terá sempre mais. Use-a com sabedoria.

Biel pensou um pouco no que tinha acabado de ouvir. Ele já tivera muitas provas na sua vida do quanto a vontade de servir e inspirar outras pessoas era uma poderosa arma para realizar feitos impossíveis.

CAPÍTULO 11

SEGREDOS DA FLORESTA

Os alunos fizeram fila rapidamente e seguiram logo atrás do Seu Jaime. Biel tentou avistar uma última vez o indígena guerreiro Tatu, mas ele havia desaparecido desde a primeira aparição da lua cheia.

Uma grande sombra logo tomou conta da aldeia. As nuvens brancas deram lugar a manchas pretas. O céu começou a indicar que uma forte tempestade estava a caminho. Apesar de ainda não ser o horário do pôr do sol, a iluminação dentro da mata já dificultava enxergar poucos metros à frente, devido à vegetação fechada e à pouca luz que passava entre as árvores.

Todos ficaram muito apreensivos e com receio de ainda estarem na trilha durante o anoitecer. O senhor Jaime acelerou o ritmo dos passos e avisou que, caso alguém não o acompanhasse, iria ser abandonado ali mesmo.

Ninguém queria ser deixado para trás. Os alunos tentaram aumentar a velocidade da caminhada, mas precisavam tomar cuidado com algumas árvores cujos galhos pontudos pareciam garras ossudas viradas para o solo.

De repente, todos ouviram um estrondo forte e impactante. Era um trovão que surgia fazendo um barulho ensurdecedor assustando os jovens.

Quando se ouve um trovão na floresta, a sensação é de que uma bomba acabou de explodir bem perto. Isso fez com que os alunos se sentissem frágeis e completamente expostos à fúria do meio ambiente. Eles respiravam de maneira ofegante e expressavam os mesmos olhares de espanto tamanha força da Mãe Natureza. Não demorou muito e as primeiras gotas começaram a cair do céu. A chuva havia chegado.

116 *O Mensageiro*

— Vamos! Vamos! Corram! Estamos chegando!

Biel estava logo atrás de Seu Jaime e constantemente olhava ao redor para ter certeza de que seus colegas estavam todos à vista.

Foi quando uma sensação estranha tomou conta do seu corpo, como se estivesse presenciando tudo em câmera lenta. Biel sentiu a pele arrepiar, mas não era de frio, embora estivesse chovendo. Era um estado de alerta! Seu corpo estava completamente contraído, todos os músculos enrijeceram, a respiração ficou mais acelerada e a sua visão parecia captar cada movimento das plantas e folhas da floresta.

Algo estava prestes a acontecer, mas ele não sabia o que era. Lembrou-se do aviso de Tatu sobre ficar atento na volta.

O senhor Jaime parou a fila e avisou:

— Eu preciso fazer uma ligação urgente. Esperem aqui ou se quiserem tentar a sorte, basta descer nessa direção por cinco minutos que vocês encontrarão os nativos nas canoas.

E, sem se importar em deixar um bando de jovens sozinhos na maior floresta do mundo, o senhor Jaime foi desaparecendo no meio da mata.

Biel ficou indignado com o descaso do guia, mas estava tão apertado que não conseguiria segurar por mais cinco minutos. Foi atrás do Seu Jaime para encontrar um lugar para aliviar suas necessidades.

Após seguir o rastro deixado por Seu Jaime, Biel finalmente ouviu a voz do guia. Aproveitou para olhar ao redor se tinha mais alguém por perto, se apoiou no tronco de uma árvore e abaixou a calça.

Enquanto irrigava as plantas e uma sensação de alívio tomava conta do seu corpo, Biel ouviu o senhor Jaime falar à distância com um tom mais agressivo.

— Aproveitem que ele tá sozinho na floresta para acabar com ele agora! Depois disso, invadimos a aldeia.

Biel achou muito suspeita aquela fala e decidiu se esconder nas plantas e andar agachado para ouvir com mais clareza.

OS 2 GUARDIÕES DA RAINHA DA FLORESTA 117

Conseguiu observar que o senhor Jaime usava um walkie-talkie e apontava a espingarda para cima.

— Não, não... Ele só tem um arco e flecha e não me reconheceu. Assim que o matarem, me liguem e eu começo o ataque com os outros. Chegou a nossa hora de roubar todo aquele ouro!

Biel entendeu que o senhor Jaime estava tramando aquela covardia contra Tatu e recuou assustado. Ao pisar com seu pé direito em um galho caído, gerou-se um ruído alto o suficiente para o guia correr em sua direção e disparar um tiro de alerta.

— Quem tá escondido aí? Vou acertar um tiro na sua cabeça se não aparecer agora!

Naquele momento, Biel tinha duas opções: Alertar seus colegas sobre as reais intenções do senhor Jaime ou avisar Tatu que ele estava correndo perigo de vida.

Enquanto Biel tomava coragem para agir, os arbustos das árvores começaram a se agitar logo à frente. Ele, então, pegou a primeira pedra pesada que achou no chão e, assim que o senhor Jaime atravessou a vegetação fechada vindo em sua direção, jogou-a com toda a força no seu nariz, derrubando-o para trás.

Biel disparou em velocidade e retornou para o local onde o grupo aguardava ansiosamente para sair da floresta.

— Que som de tiro foi esse, Biel? — perguntou Rafael.

— Fujam! Achem as canoas! Corram nessa direção abaixo até o rio antes que o Seu Jaime volte.

— Venha com a gente! — disse Natália apreensiva.

— Eu não posso, eu preciso avisar ao Tatu que eles vão atacar.

— Eles quem? — insistiu Natália meio confusa.

Um novo som de tiro ecoou na mata. A turma, desesperada, correu o mais rápido que podia. Biel, heroicamente, tentou despistar o guia, levando-o para outra direção.

— Eu vou te matar! Você quebrou meu nariz, seu infeliz!

De repente ouviu-se um grande rugido "AAAAARHHH". Uma enorme onça amarela com manchas pretas pulou por cima dos galhos e foi certeira na direção do senhor Jaime.

118 *O Mensageiro*

Nessa hora, Biel assistiu atentamente a reação do falso guia de pegar a espingarda, mas antes que pudesse atirar, a onça deu uma patada com as garras bem afiadas em seu rosto. Seu Jaime caiu sangrando e, mesmo no chão, conseguiu disparar dois tiros na direção do animal.

A enorme onça rugiu novamente e voltou a atacar com toda força, cravando uma mordida no antebraço de Seu Jaime enquanto ele tentava proteger seu rosto. A floresta inteira ouviu o seu grito desesperador.

Após presenciar aquela cena, Biel saiu correndo alucinado. Ele só pensava em fugir para o mais longe possível daquele lugar. Correu sem parar, sem olhar para trás. Parecia um filme de terror. O medo de tomar um tiro ou de ser atacado pela onça fez com que ele abrisse os caminhos na mata fechada com seu próprio corpo, sem se importar com os pequenos cortes nas pernas provocados pelos espinhos e galhos afiados.

Ao atravessar correndo um trecho mais estreito da vegetação, seu pé acabou se prendendo em um cipó, o que fez com que ele tropeçasse e perdesse o equilíbrio. Biel caiu no chão e bateu sua cabeça em uma rocha.

Após várias horas completamente apagado na terra, Biel começou a retomar sua consciência. Ele estava encharcado da água da chuva e com muita dor de cabeça. Nesse momento, já era noite e, exceto pela luz da lua cheia, a floresta era uma grande escuridão.

Biel levantou aos poucos e começou a se recordar do que havia acontecido. Por um instante, ainda pensou que tudo aquilo tinha sido somente um pesadelo. Mas, era real. Ele se deu conta de que estava sozinho e perdido no meio da Floresta Amazônica.

Biel lembrou-se da sua lanterna e, nessa hora, se recordou das palavras da sua mãe. Percebeu que não tinha sido um mero sonho e, sim, uma premonição. Ela estava certa. Biel começou a chorar e gritar bem alto torcendo para que seus amigos pudessem ouvi-lo caso estivessem por perto. Mas, ninguém respondeu.

Biel apontou a lanterna para várias direções. O feixe de luz mostrou um possível caminho mais aberto. Ele foi andando com muito cuidado e começou a pensar em um plano de fuga. Talvez, se conseguisse encontrar o rio, certamente lá estariam os nativos, equipes de resgate e outras pessoas o procurando. Mas, para qual direção era o rio? Não fazia ideia.

Biel, então, se recordou que seu celular ainda podia ter bateria. Ele ligou o aparelho novo como se fosse sua última esperança de encontrar uma saída. Ainda tinha pouco menos da metade da carga. Mas, o sinal estava fora do ar. Sem internet e sinal de telefone, ele não conseguiria pedir socorro.

Biel foi para baixo de uma grande árvore. Andar no escuro sem rumo era extremamente arriscado. Gritou por socorro o mais alto que podia até se lembrar da onça e do senhor Jaime. Ouviu uma voz baixinha na sua cabeça dizendo que era melhor permanecer em total silêncio durante a noite e, quando o sol amanhecesse, procurar ajuda novamente.

Sem se dar conta, Biel encostou seu tronco no tronco de uma grande árvore como se ambos estivessem unidos em um só corpo. Retirou uma camisa branca da sua mochila e cobriu seu rosto como se fosse um viajante do deserto. Faltavam quatro horas para amanhecer. Provavelmente essas seriam as quatro horas mais longas da sua vida.

Biel, sem escolhas, decidiu rezar. Pediu, humildemente, aos tais seres encantados da floresta para que, se eles realmente existissem, o ajudassem e o protegessem de qualquer perigo. Ele confiava nos sinais do Universo e não lhe parecia justo que algo de ruim lhe acontecesse por ter seguido o caminho do seu coração.

Enquanto as horas se passavam lentamente, Biel escutava estranhos ruídos na mata. Ele percebeu que de noite havia muitos sons diferentes e, diversas vezes, ele tinha a impressão de ver vultos e sombras passarem perto dele. Poderiam ser fantasmas ou criaturas místicas. Alguns assemelhavam-se com indígenas de rostos pintados de listras pretas segurando seus arcos e flechas. Já os outros lembravam animais, com formas que pareciam de gaviões, macacos, antas, e onças.

Biel ficou um bom tempo observando esses seres mágicos que saíam do solo e voavam até entrar nas árvores. As criaturas se movimentavam em círculos e mantinham distância do jovem perdido.

Ele não sabia mais se eram apenas invenções da sua cabeça cheia de medos ou se, de fato, era a magia da floresta à noite. Ele passou a madrugada acordado até o sol aparecer.

Quando o primeiro raio de sol surgiu, Biel pegou sua mochila e seguiu caminho em busca do rio para pedir socorro. Andou por bastante tempo, quando já estava exausto, pensamentos pessimistas começaram a tomar conta de sua mente. Por um momento, Biel percebeu que poderia ficar perdido para sempre na Floresta Amazônica.

— Como vão me achar no meio desse oceano verde?! Eu sou só um grãozinho de areia nessa imensidão de árvores e plantas.

Ao olhar para baixo, observou que seu pé começava a afundar no chão. Aquele caminho parecia ser mais úmido e, naquelas circunstâncias, pisar em uma terra fofa era um bom sinal

— É por aqui! A água deve estar por perto! — falou em voz alta.

Continuou desbravando, até que encontrou uma clareira na mata: Era uma pequena trilha para o rio. Biel saiu correndo e voltou a gritar por ajuda.

Quando finalmente atravessou a trilha, deparou-se com aquele rio enorme cortando boa parte da floresta. Infelizmente, não havia ninguém aguardando por ele lá. Não havia canoas, nem pessoas. Nem ele mesmo se recordava se já tinha visto aquela paisagem. Não tinha a mínima noção dos trechos que aquele rio gigante percorria.

A verdade é que Biel poderia estar em qualquer lugar da floresta, na margem de um dos maiores rios do mundo e no meio do nada. Mas, ele ainda preferia ficar próximo da água do que dentro da mata fechada.

Já estava há quase dois dias sem comer direito e dormindo pouco. Tomou um pouco da água doce do rio e saciou sua sede. Depois, lembrou-se de encher sua garrafinha azul em caso de emergência. Porém, a fome estava gritando e ele não encontrava nada de comida.

Olhou para cima das árvores procurando comida e avistou, mais à frente, pequenos frutos vermelhos bem escondidos.

Aqueles frutos redondos e brilhantes pareciam suculentos e nutritivos, como morangos. Era tudo que Biel precisava naquele momento. Mas, a árvore era bem alta e difícil de escalar. Então, ele começou a procurar por algo que pudesse servir para derrubá-los.

Achou um grande pedaço de madeira boiando próximo da margem do rio, que tinha a forma e o tamanho de um cajado. Inclusive, serviria também como uma arma em casos de perigo.

Biel escalou uma parte da árvore e bateu com o seu mais novo cajado na copa dela. Conseguiu derrubar várias daquelas bolinhas vermelhas. Sem hesitar, botou algumas na boca e guardou o restante na mochila.

Aproveitando a altura da árvore, buscou olhar para o horizonte na tentativa de encontrar alguma pista para onde ele deveria caminhar. Avistou uma pequena fumaça preta mais ao norte.

Ao chegar próximo do local, reparou que havia um pequeno foco inicial de incêndio e muito lixo em volta. Era nítido que alguém tinha acabado de passar por aquele ponto.

Decidiu, então, tentar apagar aquela chama para não chamar tanta atenção de exploradores e evitar que o fogo se alastrasse pela floresta. Ele foi e voltou diversas vezes até o rio, enchendo sua garrafinha de água e jogando-a na chama.

Após algumas horas, ele apagou completamente o pequeno incêndio e, naquele local, encontrou alguns materiais abandonados que poderiam ser úteis.

Biel sabia que não tinha muito tempo e precisava se preparar melhor para mais uma noite na floresta. Então, aproveitou enquanto era dia para juntar grandes folhas secas, galhos, pedras e cipó.

Usou sua criatividade para conseguir improvisar uma "cabana". Uniu dez grandes pedaços de bambu, forrou com a palha e fez uma pequena cama. Era o suficiente para se proteger da chuva, mas certamente não evitaria um suposto ataque de animal.

Antes de anoitecer, ficou de joelhos na margem do rio e rezou novamente. Olhando para os céus, Biel pediu para que enviassem alguém que pudesse ajudá-lo naquelas horas difíceis.

Em seguida, entrou em sua pequena cabana montada, comeu mais algumas frutinhas vermelhas e deitou-se para descansar. Ironicamente, dessa vez ele não sabia nem como acender uma pequena fogueira para se manter aquecido. Até tentou riscar pedra com pedra, mas concluiu que aquilo só era possível em filmes de Hollywood.

Naquela noite, Biel adormeceu rápido, pois estava exausto. Mas, teve muitos sonhos estranhos em que se encontrava novamente com criaturas sobrenaturais. Avistou uma sereia na água do rio, gnomos saindo de buracos na terra, fadas que pareciam pontos de luz espalhadas no ar e salamandras dançando no fogo. Aquelas criaturas pareciam estar em volta dele, protegendo-o de algo. Até acordou assustado no meio da noite, pois não sabia mais discernir o que era fantasia ou realidade.

No dia seguinte, ao acordar, Biel teve dificuldade para se levantar. Sua barriga doía muito. Sentia-se bastante enjoado e com fraqueza no corpo.

Saiu da cabana com gestos lentos, tentou encontrar sinal para seu celular, mas a conexão falhou novamente. Seu cajado o ajudou a andar cuidadosamente pela floresta. Mas, ao parar embaixo de uma árvore, ele vomitou várias vezes.

Nessa hora, ouvia-se um barulho de passos se aproximando. Mas, não se via ninguém. Seu coração começou a bater mais rápido e seu corpo suava frio.

OS 2 GUARDIÕES DA RAINHA DA FLORESTA **123**

— Eu estou perdido. Se tiver alguém aí, me ajuda, por favor!

Ouviu mais ruídos de galhos quebrando. Lembrou-se da onça e seu coração disparou mais ainda. Biel resolveu bater seu cajado no chão com uma força que não sabia que ainda tinha, e gritou:

— Se chegar perto de mim, eu vou te acertar!!!

Nessa hora, uma flecha passou raspando pelo seu braço e atingiu direto o tronco da árvore em que estava apoiado. Uma voz repentina surgiu por trás da mata:

— Antes de você tentar me acertar com seu cajado, eu já teria acertado você com a minha flecha.

Biel abriu a boca sem acreditar e levantou suas mãos para o céu.

— Tatu!!! Estão querendo te matar! Você precisa fugir da floresta imediatamente!

— Espero que você não esteja querendo me enganar, assim como o tal guia amigo de vocês.

— Não, eu já disse que eu não sou amigo do Seu Jaime. Não sei bem o que aconteceu com ele, uma onça o atacou e eu consegui escapar. Me perdi de todos os meus colegas e estou há dois dias vagando por essa floresta.

— Você fala a verdade, estou te observando desde ontem.

— Como assim? Você viu que eu estava perdido e só decidiu me ajudar agora?

— Primeiro, quis ter certeza de que você era digno de confiança. O seu povo mata o meu povo, esqueceu? Sua gente só sabe desmatar a floresta e sujá-la. Querem nos eliminar para construir cidades no lugar de nossas casas. É difícil confiar em vocês.

— E o que te fez voltar a falar comigo agora, então?

— Vi você lutando insistentemente para apagar o incêndio na floresta e rezando de joelhos na margem do rio. Eu senti que aquela era uma oração honesta para a Rainha da Floresta.

— Eu estou tentando aprender a viver na floresta. Confesso que esses últimos dias foram bem intensos! Recebi sinais, tive sonhos loucos, ouvi sons estranhos durante à noite e tive outras sensações difíceis de explicar. Mas, agora eu só quero voltar para casa.

— Isso, na verdade, significa que você está sentindo o chamado da Rainha da Floresta. Ela está te dando a permissão para você entrar no portal dela, sabia? Nem todos são dignos de receber essa rara oportunidade.

Após uma breve pausa, Tatu continuou a falar:

— Lembre-se que você já está em casa! Nós, indígenas, vivemos na floresta há muito tempo e aprendemos na prática a nos relacionar com os seres da mata. E, naturalmente, a gente desenvolveu uma sensibilidade que vocês, da cidade, ainda não estão acostumados. Mas, todos nós temos. É importante que vocês reconheçam suas raízes primeiro, suas origens. Somos todos filhos de Gaia, a grande Mãe Terra, e de Tupã, nosso criador maior.

Biel acenou com a cabeça fazendo sinal de positivo e ajoelhou na terra, apoiando-se apenas em seu cajado, pois já não conseguia mais se manter de pé.

— O que você comeu nesses últimos dias? Vi que você estava vomitando e agora está pálido.

— O pouco que eu consegui comer foram essas frutinhas vermelhas que estão na minha mochila.

Tatu abriu a mochila de Biel e retirou cada uma delas com cuidado.

— Não, não, não... Isso não são frutas, são sementes vermelhas de mamona! Não me diga que você as comeu!

— Comi algumas, sim. Você disse mamona? Eu já ouvi falar nela, o Seu Jaime uma vez ofereceu para a nossa professora mastigar e disse que fazia bem para o estômago e para a pele.

— Essas sementes não são para comer. Elas são venenosas!

Tatu, apreensivo com o estado de saúde do Biel, pensou rápido e gritou:

— Já sei! Vou preparar o Rapé do gavião. É um pó de tabaco natural com cinzas de cascas de árvores e folhas curandeiras que formam a mistura dessa poderosa medicina. Ela vai te curar, espere aqui.

Biel, já com muito sono e fraqueza, colocou para fora um líquido vermelho pegajoso. Olhou para cima e viu todas aquelas árvores girando à sua volta. Seus olhos estavam tomados de raiva ao saber que o senhor Jaime tinha planejado tudo maliciosamente.

Pouco tempo depois, Tatu reapareceu, já com uma mini fogueira acesa e segurando um pequeno instrumento feito de madeira, que parecia um canudo com dois orifícios nas pontas. Na sua outra mão, ele carregava um pó escuro que parecia areia.

— Venha, Biel, levante um pouco a cabeça e tente se concentrar. O Rapé é uma medicina sagrada, vai atuar no seu sangue e precisa ser usado com respeito. Eu vou soprar o Rapé com meu kuhúkap nas suas duas narinas e ele vai carregar um espírito curandeiro para dentro do seu corpo, lhe trazendo todo tipo de cura e proteção para a sua caminhada.

Biel colocou seu nariz em um dos pequenos buracos e recebeu um sutil sopro de Tatu, que repetiu o movimento na outra narina. Biel sentiu seu rosto arder por um instante e, em poucos segundos, todo o seu corpo começou a tremer. Soou o nariz algumas vezes e finalmente se deitou com os olhos fechados até adormecer.

Após algumas horas em sono profundo, Biel finalmente acordou. Ainda estava debilitado, mas já tinha sentido uma melhora no corpo.

— Acho que estou me recuperando, já me sinto melhor. Agradeço muito por você me ajudar, Tatu.

— Não fui eu, foram as plantas de poder. Elas estão limpando o seu corpo agora. Mas, não se engane, o veneno que você ingeriu dará uma trégua por um momento, porém ainda não foi completamente eliminado. Precisamos achar o Xamã da floresta.

— Então, me dê mais plantas de poder, eu imploro! Eu preciso de mais rapé! Eu não quero morrer, Tatu!

— Vocês homens brancos da cidade acham que o remédio que combate os sintomas é o mesmo que cura a raiz da doença. Nossos maiores sempre nos ensinaram uma lição sagrada que dizia assim: "Não doem as costas, doem as cargas. Não doem os olhos, doem as injustiças. Não dói a cabeça, doem os pensamentos. Não dói a garganta, dói o que não se expressa ou se exprime com raiva. Não dói o estômago, dói o que a alma não digeriu. Não dói o fígado, dói o ódio contido. Não dói o coração, dói o amor não manifestado. E é precisamente ele, o amor, que contém o mais poderoso e invencível remédio."

— Nunca pensei que as dores e as doenças pudessem ter uma origem tão profunda. E qual é o benefício dessas plantas, então? — perguntou Biel confuso.

— Essas plantas estão te ajudando a aliviar as dores e limpar seu corpo, mas precisamos ir na origem do mal e, para isso, só o Xamã saberá o que você deve fazer.

— E como vamos achar o Xamã no meio dessa floresta enorme? Eu não tenho tanto tempo assim. Me traga logo mais algumas dessas plantas para eu não sentir mais dor, Tatu! Por favor.

— Não adianta. Você não entende. Seus ouvidos continuam tapados e seu pensamento obscuro. Para nós, povo Pataxó, para a gente tirar qualquer planta, a gente pede permissão para ela. Não é só chegar e tirar. A nossa floresta é fértil e generosa, por isso cura os seus filhos e os alimenta. Precisamos ser cuidadosos com a floresta para não afugentar a sua fertilidade. A diferença entre o veneno e o antídoto é a quantidade. Se eu pegar mais plantas de poder para você, vou estar desrespeitando a floresta e acabar envenenando ainda mais seu corpo. É isso que você quer?

— Claro que não! Eu não tive a intenção de desrespeitar o equilíbrio e a fertilidade do meio ambiente. Perdão, Tatu.

— Olha, para ser sincero eu também não gosto dessa palavra "meio ambiente" que vocês homens brancos da cidade falam. A nossa terra não deve ser cortada pelo "meio" nunca. Somos habitantes da floresta e se a dividirmos assim, vamos acabar morrendo também. Vocês ferem a nossa floresta até nas palavras que vocês dizem, fora as máquinas que vocês já usam.

OS 2 GUARDIÕES DA RAINHA DA FLORESTA **127**

Biel esboçou uma reação, mas preferiu se manter calado. Achou aquelas falas exageradas. Chegou a pensar que o Tatu estava se fazendo de vítima. Nunca pensou que poderia soar ofensivo o termo "meio ambiente" e decidiu apenas continuar andando em silêncio.

Tatu continuou seu discurso firme:

— Gostaria que vocês, povo da cidade, falassem de natureza inteira. Se defendermos juntos a natureza inteira, todos nós continuaremos vivos. Temos muita conexão e respeito com a nossa floresta, enquanto seu povo, infelizmente, só sabe maltratá-la e odiá-la.

— Tatu, eu entendo a sua raiva, sei que meu povo, já fez muitas coisas cruéis na floresta por pura ganância. Mas, muita gente da cidade não faz ideia do que acontece aqui. A maioria de nós não tem nenhuma intenção de prejudicar a casa de vocês. Você parece muito revoltado. Não precisa odiar tanto nós brancos e ficar se colocando como vítima da história.

— Não, você não entende a minha raiva! Eu me lembro a primeira vez que vi os homens brancos chegarem em nossa floresta. Eles pareciam gentis e pareciam gostar da gente. No começo, nos presentearam com roupas e panelas, mas insistentemente eles repetiam uma palavra: "ôro ôro ôro". Não entendíamos o que essa palavra queria dizer, mas eles falavam tanto até que finalmente nos mostraram uma pedra dourada e nós entendemos o que eles queriam. Nós dissemos para eles onde encontrar mais daquelas pedras e, em poucos meses, chegaram muito mais garimpeiros para morar nas margens do rio procurando pelo "ôro". Não demorou muito até que nós percebemos a praga que tinha se instalado ao nosso lado. Os brancos poluíram toda a nascente do rio com o mercúrio que eles jogavam para encontrar o ouro. Logo, os peixes começaram a morrer contaminados e nós não tínhamos mais como pescar a nossa comida. Os garimpeiros também destruíram o solo da nossa floresta com suas escavadeiras e acabaram com toda a beleza da mata, pois estavam cegos pelo ouro. Eles ainda nos obrigavam a trabalhar para eles, queriam que nós mostrássemos onde encontrar mais daquela pedra dourada, mas não sabíamos mais porque eles já tinham tirado tudo. E mesmo assim, eles nos bateram, nos ofenderam e desrespeitaram a nossa família. O meu irmão mais velho, um dia, decidiu resistir. Ele disse que não iria mais servir os brancos, pois estava cansado, mas os garimpeiros não gostaram do que viram. Ao anoitecer, invadiram nossa aldeia e simplesmente espancaram ele até a morte dentro da sua maloca. Os nossos maiores pegaram suas flechas e lanças para se defenderem, mas os brancos estavam em maioria e apontaram suas espingardas em nossa direção. Lembro-me que um deles, o mais agressivo de todos, tinha uma cicatriz na testa e deu um tiro no meu irmão, que já estava morto. Depois, ele riu como se zombasse de todos nós. Meu povo respondeu aquela humilhação com valentia, mas as nossas flechas não foram suficientes contra os tiros de espingarda dos brancos. De um em um, toda a minha família foi caindo ao solo. Eram crianças, mulheres, idosos… Sem piedade, eles atiraram em cada um de nós.

Tatu interrompeu sua fala durante alguns segundos, pois estava visivelmente abalado. Olhando para baixo, continuou:

— Eu ainda era muito novo e confesso que estava com muito medo, então acabei fugindo com alguns poucos familiares que restaram da nossa aldeia Yanomami. Ainda lembro do barulho dos tiros e dos gritos de socorro da minha família. Toda a nossa aldeia foi destruída e queimada e eu nem pude me despedir deles. Não tivemos nem a honra de enterrar seus corpos. Só depois de muitos dias atravessando a floresta que encontramos a aldeia Pataxó, onde eu moro hoje. Eles me acolheram de braços abertos como uma verdadeira família, pois também tinham sofrido uma tragédia parecida no território deles e cuidam de mim até os dias de hoje. Eu ainda tenho muitos pensamentos de vingança e raiva, mas o meu coração só quer ter paz. A verdade é que eu só quero viver em harmonia com a minha nova família, só que todas as noites eu tenho pesadelos como se uma nova invasão pudesse acontecer a qualquer momento. Não sei mais o que fazer, só peço que a Rainha da Floresta me guie e me traga força para que eu possa proteger a nossa casa dos inimigos que querem destruí-la — desabafou Tatu, em lágrimas.

— Nossa! Perdão, Tatu. É muito triste isso. Fiquei com vergonha de mim mesmo agora por ter te chamado de vítima. Eu prometo que não vou mais julgar a dor que você sente. Sinto muito por tudo o que meu povo foi capaz de fazer aqui.

Tatu ouviu com atenção e olhou fixamente para Biel:

— Antes de falar qualquer coisa, pense primeiro, porque uma palavra pode machucar muito. Eu preciso honrar meus ancestrais. Para nós estarmos aqui hoje, houve muito sofrimento, muita luta do meu povo. Cortaram nosso tronco, mas não cortaram nossas raízes. A floresta é bonita e achamos que ela deve permanecer assim para sempre, bonita. Seu povo ainda não consegue ver a beleza dela e a importância da sua fertilidade, porque estão preocupados com outras coisas. Por isso que vocês da cidade não sabem nada da floresta e não se importam com ela.

— Como assim? Com o que nós da cidade estamos mais preocupados?

— Um grande pajé chamado Davi Kopenawa, do povo Yanomami, uma vez nos contou num encontro de lideranças que a vida dos homens da cidade parece bem triste, porque eles se agitam pelas ruas como formigas. Estão sempre impacientes e com medo de não chegar a tempo em seus trabalhos ou de serem despedidos. Ele nos revelou que vocês quase não dormem e correm com sono durante o dia inteiro, sempre falando de trabalho e do dinheiro que lhes falta. Também disse que vocês vivem sem alegria e ficam velhos rápido, de tanto desejar mercadorias e mais dinheiro. E depois seus filhos e netos continuam fazendo a mesma coisa. Isso é verdade?

— Nossa, pior que é verdade mesmo. Ele está certo. Eu também já reparei algumas coisas que não fazem sentido na minha escola. Por exemplo: Temos que decorar um monte de assuntos que não fazem sentido para apenas passar em uma prova. E ninguém nos pergunta quais são nossos talentos e pontos fortes, ou o que gostamos de fazer. Parece que tudo na escola é pensado para que os alunos se tornem profissionais competentes que ganham dinheiro, mas ninguém se importa com o tipo de ser humano que vamos nos tornar.

— Pois é, Biel. Existe muita coisa sobre a vida que a gente só vai aprender fora da sala de aula. Eu diria que é na própria escola da vida onde mais aprendemos.

— Eu até concordo, mas eu também tenho certeza de que sei várias coisas que você não sabe. Sei fórmulas matemáticas, entendo sobre as células humanas, sei bastante sobre as partículas do átomo, entendo sobre orações gramaticais e conheço a história do mundo.

— Que legal, Biel! E isso te torna uma pessoa melhor? — ironizou Tatu.

— Claro que sim, na minha opinião, isso me torna mais inteligente do que você, que ainda é meio ignorante nesse aspecto.

— Ótimo! Então, você acha que saber desses assuntos te torna superior a mim. É isso que vocês aprendem na escola, então? A competir para ver quem é melhor e quem sabe mais? Deixe eu te dizer uma coisa: Somos diferentes em cultura, mas temos o mesmo sangue.

— Não posso negar. Tem competição, sim. Somos obrigados a saber mais do que os nossos concorrentes.

— Olha só isso, você chama seus irmãos e irmãs de concorrentes, né? Disputam espaços, posições, empregos. Estão sempre criando separações e competições entre vocês. É assim que vocês se tornam mais fracos e mais fáceis de enganar, percebe?

Biel ficou sem resposta. Sente-se como se a sua ficha tivesse caído e percebe o quanto tinha sido manipulado durante sua vida.

— Têm tantas pessoas por aí que estão com seus armários cheios de roupas e não podem vestir tudo. Por outro lado, têm outras que precisam de uma única muda de roupa e não têm para vestir. Tanta gente da sua cidade com vários pares de tênis para calçar que até os esquecem na gaveta, mas tem gente que precisa de somente um par de tênis e não tem. Eu percebo que as pessoas da cidade gostam de acumular tanta coisa que nem usa, mas não são capazes de dividir. Enquanto vocês não aprenderem a colaborar uns com os outros, a se enxergarem como irmãos e irmãs de uma grande família chamada humanidade, vocês estarão sempre em guerra e destruindo o seu próprio lar. É por isso que o mundo em que nós vivemos hoje, por conta da ganância do ser humano, faz com que a Mãe Natureza peça socorro de nós mesmos.

— E por acaso vocês agem assim? Todas as pessoas da sua aldeia você considera como família?

— Sim, todos que vivem lá são meus parentes! Não estou dizendo que não temos alguns conflitos internos. Mas, a diferença é que nós vivemos unidos, aprendemos uns com os outros, e compartilhamos nossas histórias. Temos nossas diferenças pessoais, mas nos respeitamos. Somos uma família, mesmo que tenhamos nascidos de pais diferentes. Falamos de colaboração ao invés de competição. Sabemos que juntos somos muito mais fortes, pois um galho sozinho é fácil de quebrar, mas quando juntamos vários galhos formamos um tronco bem grosso que não quebra.

— Isso é interessante. Onde eu moro as pessoas disputam *status* e poder. Todos querem parecer melhores do que os outros. E é um lugar onde as pessoas pensam muito mais nelas próprias do que no coletivo. Acho que, no geral, estamos sendo bem egoístas.

— Eu já viajei de barco algumas vezes até a cidade dos homens brancos para denunciar os crimes cometidos na floresta e pude conviver rapidamente com seu povo em certas ocasiões. Eu acredito que vocês são sensíveis e generosos.

No fundo, eu sei que o seu povo é um povo bom. Mas, infelizmente, está perdido. E pessoas perdidas são facilmente enganadas e cometem erros — concluiu Tatu, ainda com esperanças.

A conversa terminou com os dois bem introspectivos olhando para a fogueira. As horas passaram rápido e o sol começou a se pôr.

Ambos estavam fisicamente cansados, mas sentiam em seus corações que estavam sendo guiados para grandes demandas.

Biel decidiu tomar um rápido banho de rio, pois não aguentava mais aquele cheiro de suor nas suas roupas. Ele se afastou um pouco do local em que repousavam e mergulhou naquela geleira. Tatu preferiu permanecer sozinho.

Como ainda estava debilitado fisicamente, Biel preferiu ficar somente na parte rasa, na altura do umbigo, apoiando-se no seu cajado enquanto jogava água no seu corpo.

Relaxou um pouco até reparar que havia uma movimentação em zigue zague estranha no leito do rio. Algumas bolhas emergiram do fundo da água e parecia que algo se aproximava.

Biel começou a nadar e na pressa de se afastar da margem do rio, ele derrubou seu cajado na água. Quando saiu completamente da água e subiu em uma pequena ribanceira, observou atentamente o que poderia ser aquela criatura estranha embaixo da água.

Poucos centímetros separavam os seus pés da água. Não poderia deixar o cajado para trás, pois era ele que o ajudava a se locomover na mata, além de ser sua defesa contra os inimigos.

Naquele momento, não teve mais nenhum sinal de movimento no rio, aguardou durante um tempo até ter certeza de que independentemente de qual fosse o animal, já tivesse ido embora. Para tentar recuperar seu cajado, preferiu não se arriscar em mergulhar lá novamente, então deitou seu corpo na areia e esticou os braços para alcançar o cajado, que boiava bem próximo dele.

Com muito esforço, conseguiu alcançá-lo, mas não prestou atenção na rápida aproximação de um animal com escamas manchadas das cores marrons e pretas à sua direita. Antes que ele puxasse seu braço de volta com o cajado, uma grande serpente deu-lhe um bote inesperado e se enrolou rapidamente em todo seu membro superior. Era a maior cobra que ele já tinha visto na vida.

O grito de pânico acordou toda a mata. Ele conseguiu bater com seu cajado diversas vezes na cabeça dela. Mas, quanto mais batia, mais ela apertava. A serpente tentava puxá-lo para a profundeza e ele se segurava com toda a força que lhe restava para permanecer na terra. Os ossos do seu braço começaram a fazer pequenos estalos, como se estivessem sendo quebrados um por um. A dor era insuportável.

Nesse momento, Tatu apareceu disparando flechas certeiras na grossa pele da cobra. O contra golpe fez a serpente folgar um pouco seu movimento de contração. Biel deu mais uma paulada na sua cabeça, forçando-a a se desenrolar rapidamente, e abrindo espaço para ele retirar seu braço. Ela ainda tentou dar um último bote no seu tornozelo esquerdo, mas Biel escapou por pouco.

A cobra mergulhou na água e desapareceu rapidamente.

Tatu arrastou Biel para dentro da mata e logo analisou seu braço.

— Pelo visto, não há nada quebrado, e nenhuma picada. Você deu muita sorte.

— Você salvou a minha vida duas vezes só hoje!

— Você só tá passando por isso porque decidiu salvar a minha também.

— Eu achei que ia morrer.

Os jovens silenciaram suas vozes revelando a tensão que só crescia a cada hora que passavam juntos na maior floresta do mundo. Ambos ficaram bem alertas durante o resto do dia.

Ao anoitecer, Biel puxou novamente uma conversa com Tatu:

— Tatu, me diga: O que você veio fazer aqui no meio da floresta em vez de ajudar seus parentes na aldeia?!

— Fui escolhido para uma grande missão. Durante os últimos sete anos, eu fui iniciado pelo pajé da aldeia. Ele me ensinou sobre a magia da floresta e a arte da guerra. Eu fui o escolhido para livrar a nossa casa dos perigos. Por isso, tenho alguns dias para achar o Xamã das matas, porque é ele quem vai me guiar espiritualmente nessa importante missão. Ele vai me dizer o que eu devo fazer para vencer os inimigos da floresta.

— E você têm pistas de onde ele mora?

— Não faço ideia. Mas, sei como ouvir a minha intuição e tenho fé.

— Eu quero te ajudar a cumprir essa missão. Também tenho muita fé que tudo ficará bem!

— O pajé sempre me dizia que se você já tem fé, então você já é guiado pela Rainha da Floresta, pois ela só pede para a gente acreditar. Depois de acreditar, basta escutar a voz do nosso coração. Ela fala por sinais, por sensações no corpo, arrepios, sonhos e até pensamentos bons. A intuição é o sopro de magia da Rainha da Floresta para o nosso coração.

Biel se lembrou de todos os sinais que teve: Os sonhos e os arrepios que sentia em certos momentos. A sua intuição estava o tempo inteiro com ele, só não sabia reconhecer.

— Tatu, antes de te conhecer, você aparecia nos meus sonhos pedindo ajuda. Lembro-me que estávamos juntos em uma aldeia, tinha muito fogo ao redor e pessoas gritando assustadas.

— Isso me preocupa. A Mãe Natureza dá tudo que precisamos, mas a cobrança é maior também. Se continuarem queimando e destruindo a floresta, ela vai reagir e fazer a humanidade pagar por todo o mal causado. Mas, realmente não é por acaso que agora estamos juntos no meio da floresta. Os seus sonhos já diziam que lutaríamos lado a lado. É hora de defender a floresta. Vamos juntos, txai?

Ambos se abraçaram como grandes irmãos de jornada.

Biel e Tatu estavam cada vez mais conectados. Tinham a mesma idade e até que eram fisicamente parecidos, apesar da diferença de altura. Ambos tinham cabelos pretos, mas os de Biel eram mais longos. Tatu tinha cabelo preto curto com uma fina trança atrás. A tonalidade da pele era ligeiramente diferente. Biel era branco enquanto Tatu tinha uma cor mais escura, queimada pelo sol. A característica mais comum entre eles era um contagiante brilho nos olhos.

Biel e Tatu apagaram a fogueira e foram dormir. Amanhã seria um novo dia de grandes descobertas.

CAPÍTULO 12

A ESCOLA DA VIDA

Amanheceu um lindo dia ensolarado. O céu estava azul, sem nuvens, e a floresta brilhava. Aquele verde quase infinito lembrava um jardim encantador.

Biel acordou com a luz do sol em seu rosto. Levantou-se e logo se deparou com Tatu em cima de uma rocha, sentado, com os olhos fechados, as pernas cruzadas e a coluna ereta.

— O que você está fazendo?

Tatu continuou imóvel, sem esboçar reação.

Biel resolveu subir na rocha também, mas não conseguiu. As dores no corpo voltaram com força.

— Estou meditando para ouvir a minha intuição, Biel.

— E como você consegue fazer isso?

— Silenciando meus pensamentos que insistem em querer me confundir.

— Mas, os pensamentos não são bons? Você disse ontem que a intuição poderia vir em forma de pensamento.

— Sim, ela pode. Mas, é preciso entrar no ritmo da natureza. Pensamentos muito acelerados vêm de uma mente doente. Nossos ancestrais já diziam que, somente acalmando a nossa mente, é que a intuição pode soprar um pensamento certeiro em nossos ouvidos.

— Ah! Entendi. Então, precisamos desacelerar para escolher bem qual pensamento devemos dar atenção em nossa cabeça. Isso parece meio difícil. Eu acho que eu não paro de pensar nem por um segundo.

— É por isso que devemos nos sintonizar na natureza. Só assim podemos reduzir os pensamentos confusos e barulhentos para conseguirmos ouvir a nossa intuição.

— Maravilha! E como eu faço para entrar na sintonia?

— Não existe um único jeito certo, Biel. Descubra o seu jeito. Comigo funciona buscando ouvir os cantos dos pássaros, respirar fundo e deixar meu pé na terra. Eu fecho os olhos e me concentro na minha respiração. Depois de um tempo, eu paro de ter tantos pensamentos e vem uma voz baixinha que me fala o que preciso saber. Aí eu sei que veio da intuição. Ela geralmente me traz clareza, paz, confiança ou então me alerta sobre possíveis perigos.

— Nossa, isso me parece muito importante. Preciso aprender a meditar. Nunca me ensinaram isso na escola — Biel anotou mais uma bela lição no seu inseparável caderno trazido na mochila.

— Eu sou uma pessoa que gosto mais de ouvir primeiro antes de falar. Mas, pelo que você já descreveu da sua escola, eu penso que ela infelizmente não prepara você para a vida — provocou Tatu.

— O que a sua escola faz de diferente?

— A nossa maior escola é a própria vida. Aprendemos muito na prática, vivenciando. Aprendemos a plantar, cultivar, conhecer as ervas, cozinhar, caçar e construir nossas casas. Desde pequenos, aprendemos também a respeitar os seres encantados que aqui habitam. Graças a esses espíritos da floresta que sabemos mais sobre nós mesmos, pois eles nos trazem a sabedoria de bem longe. E com os mais velhos da aldeia, nós aprendemos sobre a história do nosso povo e sobre a nossa cultura ancestral.

— UAU! Isso é incrível. Nossa educação parece ser bem diferente. Se não fosse o seu conhecimento sobre as plantas de poder, eu já estaria morto, por exemplo.

— Nós somos habitantes da floresta e nosso estudo é outro. Aprendemos as coisas com os nossos maiores, que nos ensinam

138 *O Mensageiro*

através dos cantos e das histórias, para não caírem no esquecimento. Cada vez que um ancião nosso morre, um "livro" precioso se fecha para sempre. Eu não aprendo as coisas que eu falo aqui no papel dos livros, como vocês. O que eu sei está dentro de mim e me foi transmitido pelas palavras dos meus ancestrais, inclusive, sobre nossas plantas medicinais. Eu pensava que vocês da cidade aprendiam na escola algo como primeiros socorros para se salvarem em casos graves! — confessou Tatu.

— Infelizmente, não. Acho que isso é mais para quem entra em faculdades na área de saúde.

— Que pena! Mas, não vamos perder mais tempo conversando, precisamos achar logo o Xamã da floresta antes que o veneno volte a se espalhar pelo seu corpo.

Tatu e Biel foram andando mais rápido pela mata. Atravessaram muitos hectares em silêncio, e só se ouvia os barulhos dos animais.

Biel refletiu sobre todas as diferenças na forma de aprender e viver entre ele e Tatu. Ao reparar nas pinturas vermelhas e pretas que Tatu tinha no corpo, Biel lembrou-se de um episódio que aconteceu no início do ano com sua turma da escola.

Os alunos tinham criado uma brincadeira para comemorar a Páscoa e descontrair um pouco aquele clima tenso do "terceirão" pré-vestibular. Todos da sua turma quiseram pintar seus rostos com bigode de coelho e colocar orelhas brancas pontudas com cartolina.

Enquanto o professor não iniciava a chamada, os alunos estavam na sala de aula rindo e se divertindo muito.

Porém, a diretora entrou na sala e suspendeu a brincadeira. Ordenou que todos removessem as pinturas do rosto e as orelhas de coelho. A escola achava que aquilo iria atrapalhar o bom andamento da aula. Um por um, cada estudante foi saindo da sala e voltando sem as pinturas. Mas, também voltavam sem os sorrisos, sem a graça, sem a alegria. A escola tradicional não permitia que o ambiente fosse leve, harmonioso e feliz. Precisava ser um ensino chato, sério e rígido.

Após uma longa caminhada, Biel e Tatu pararam repentinamente.

Tatu olhou para Biel e pediu para ele permanecer em silêncio. Tatu se abaixou, pegou seu arco e colocou uma flecha. Olhou fixamente para um ponto e avisou:

— Eles estão aqui, eu consigo ouvir.

— Quem? — perguntou Biel assustado.

— São os capangas do Seu Jaime. Precisamos andar com muito cuidado porque agora é questão de vida ou morte.

Os jovens se aproximaram com toda cautela, evitando fazer qualquer barulho. Logo encontraram os quatro capangas do Seu Jaime comendo sentados em troncos cortados. Eles falavam alto e davam gargalhadas:

— Quando ela chegou perto, eu dei um tiro bem na cabeça. Seu Jaime vai ficar contente de saber que matei a onça que atacou ele — comemorava um dos homens.

— Você matou a mãe e eu matei o filhote dela. Quero minha parte nessa recompensa aí — falou o segundo.

— Mas quem garante que é a mesma onça que atacou o Seu Jaime? — questionou o terceiro.

Biel e Tatu olharam para o lado e encontraram duas onças abatidas a poucos metros de distância dos homens. A maior delas, que seria a mãe, mesmo morta ainda sangrava com a língua de fora, enquanto o filhote parecia respirar com muita dificuldade.

— Eles vão pagar por isso! Eu vou acabar com eles! Agora eles vão ver como é um indígena nervoso!

Biel pegou seu cajado, respirou fundo e tomou a iniciativa:

— Eu vou chamar atenção deles e você vai por trás.

Os homens continuavam dando risada e fumando cigarros, até que um ruído na mata fez com que eles levantassem.

— Por favor rapazes, eu preciso de ajuda. Fui envenenado com a semente de mamona — desabou Biel no chão.

— Olha só quem está aqui! Não é o jovem da escola que deu trabalho para o Seu Jaime e quebrou o nariz dele com a pedra? — comentou um dos homens.

— Você não sabe o trabalho que você nos poupou vindo até nós — agradeceu ironicamente o mais novo do grupo.

— Rápido! Amarrem o garoto e forcem ele a dizer onde está o índio! Depois vamos levá-lo até o Seu Jaime para poder se vingar — ordenou aquele que parecia ser o líder da quadrilha.

Tatu observava tudo com muita atenção e chegou a ficar em dúvida se Biel realmente estava encenando todos aqueles gestos.

Quando dois homens colocaram suas mãos em Biel, ele reagiu batendo com o cajado em suas pernas. O golpe surpresa derrubou um deles, que estava armado, e acabou desequilibrando o outro.

Nesse exato momento, Tatu avançou disparando duas flechas certeiras na direção do suposto chefe, que caiu de dor. O último homem, o mais novo do grupo, se assustou e fugiu, deixando todas suas coisas para trás.

O homem, derrubado por Biel, ajeitou sua espingarda no ombro e, quando engatilhou para dar um tiro fatal em Tatu, recebeu uma flechada no peito. Já sem força, largou a arma no chão e tomou uma última cajadada na cabeça.

Aquele ataque surpresa resultou em dois homens imobilizados e um desmaiado.

— Nada mal para dois jovens guerreiros — comemorou Biel enquanto os amarrava nos troncos das árvores com uma corda de nylon usada pelo grupo.

— Não foi tão bom assim. Deixamos um deles escapar e ele voltará sem piedade com um número muito maior de homens perversos para atacar minha aldeia.

Biel se certificou de dar um verdadeiro nó de pescador nos três capangas graças ao conhecimento que seu pai havia lhe ensinado na infância quando saíam para pescar juntos. Reparou também que um deles tinha deixado cair um documento com o nome de uma famosa empresa.

— Pelo visto, nem todos são garimpeiros. Alguns prestam serviços para a maior empresa de agropecuária do país.

— Pois é, guerreiro. Os inimigos da floresta são sanguessugas de vários tipos. Todos eles querem ficar ricos destruindo a nossa casa — disse Tatu indignado.

Os jovens decidiram manter todos presos. Biel tirou fotos dos seus rostos com o seu celular para denunciá-los posteriormente, mas não quis fazer nenhum mal a eles.

Ao se deslocarem até as pobres onças caídas no chão, Tatu se agachou e passou sua mão carinhosamente na onça-mãe. Deu-lhe um beijo e fechou seus olhos.

— Ela ainda está sofrendo! Biel apontou para o filhote, que mexia a barriga lentamente com sua respiração.

Aquele olhar de dor em um animal tão bonito e indefeso deixou os jovens tristes e reflexivos.

— Precisamos acabar com esse sofrimento dela antes de partirmos — lamentou Tatu.

— Eu concordo. Mas como faremos isso?

Tatu virou as costas e entrou na mata com o filhote nos braços. Era possível ouvi-lo dizer algumas palavras na língua dos Pataxós, mas Biel não sabia o significado delas.

— Já comeu carne de onça, Biel? Vai nos dar força para continuar a caminhada.

Biel ficou muito confuso nessa hora e não entendeu como Tatu era capaz de matar um animal para comer.

— Oxe, você acabou de matar um animal da natureza! E todo aquele papo de proteger a Rainha da Floresta? — perguntou Biel sentindo-se enganado.

— Ela já estava morrendo, apenas acabei com aquela dor. Mas, você acha que a gente não come animais?

— Não! Eu conheci um biólogo que falou sobre a questão do desmatamento e das queimadas na floresta, que são causadas pela pecuária. Ele disse que, se a gente não repensar nossos hábitos alimentares, a floresta será destruída em até vinte anos. O vegetarianismo ou veganismo são alternativas para frear essa destruição.

— Muito sábio esse biólogo. É verdade que a pecuária é o principal motivo de devastação da nossa floresta. Mas, nossos ancestrais moravam nesta floresta desde o primeiro tempo e nunca a maltrataram. Ao contrário dos homens da cidade, nós não destruímos a nossa própria floresta. Nos alimentamos da caça, dos peixes, dos frutos das árvores, do mel das abelhas, das plantas. É desse modo que saciamos a nossa fome.

— Estou confuso ainda, me explique melhor isso.

— Não é desmatando e queimando a mata que se pode ficar de barriga cheia. E também não queremos comer animais de criação. Não queremos seus bois presos e alimentados por ração cheia de veneno, é nossa floresta que cria desde sempre os animais e peixes que comemos. Achamos nojento o que vocês fazem. É uma ação cruel e desequilibrada do seu povo. Para cada boi no pasto, você sabe quantos hectares de floresta seu povo desmata?

— Sim, quatro hectares.

— Exato. Isso seria o equivalente a quase quatro campos de futebol. Muitas árvores estão sendo derrubadas. Se continuar assim, em poucos anos a nossa linda floresta vai virar uma pobre fazenda.

— Pois é! Mas, se vocês caçam animais, também causam sofrimento a eles, não acha?

— Nós vivemos na floresta. Plantamos e cultivamos a maior parte dos alimentos. Mas, a caça e a pesca também fazem parte da nossa herança histórica. Porém, a grande diferença é que tudo que fazemos deve obedecer ao grande equilíbrio. A floresta dá tudo o que precisamos e ela cobra se passarmos do limite. Ninguém tira mais do que precisa. O ensinamento que nossos ancestrais sempre nos diziam é que

OS 2 GUARDIÕES DA RAINHA DA FLORESTA **143**

a gente deve matar somente o que for suficiente para nossa sobrevivência. E fazemos isso de forma respeitosa. A onça que eu carrego comigo é com respeito e honra.

— Entendi. Então, a diferença é a consciência que vocês têm do "todo", né? Vocês estão em equilíbrio com a floresta, caçam como os animais quando estão em busca de sobrevivência. E tentam dar e receber de forma equilibrada para que a Rainha da Floresta esteja sempre firme e forte.

— Sim. O modelo do seu povo é muito diferente. Vocês destroem a floresta, pensando que está vazia, mas não está. Já há nela muitas de nossas casas e nós bebemos a água desses rios que vocês sujam. As grandes empresas de carne entram na floresta, queimam tudo, destroem a vegetação nativa, invadem nossas terras e colocam os animais dentro de uma prisão dividida por cercas com arames para matar todos eles. No fim, vendem essa carne para o mundo inteiro. As pessoas da cidade compram no mercado sem saber de onde a carne vem e nem qual foi o impacto que isso causou em toda a floresta. É uma falta de consciência total.

— Por que será que as grandes empresas de carne fazem isso? Não seria melhor criar um modelo mais equilibrado? Se continuarem assim, vão destruir tudo.

— Sabe como chamamos vocês da cidade? É o "Povo da Mercadoria". Porque vocês sempre pensam em acumular muitas mercadorias, se apaixonam por objetos como se fossem as coisas mais importante da vida. Seus pensamentos vazios acham que quanto mais, melhor. Querem vender o máximo possível para acumular mais desse papel que vocês chamam de dinheiro. O foco do seu povo sempre é no dinheiro das mercadorias. Querem ganhar a todo custo. As grandes empresas da cidade não ligam para a floresta nem para os animais.

— É uma pena que a nossa sociedade ainda seja assim tão focada na mercadoria e pouco nos seres vivos — confessou Biel, desiludido.

— Tudo bem, esse mundo está se transformando. Vamos entrar em uma Nova Era, se cumprirmos com a nossa missão. Agora me ajuda com a fogueira, por favor.

Biel e Tatu pegaram folhas, galhos de árvores, plantas secas e prepararam uma grande fogueira.

Antes de comer a carne cozida da onça, Tatu novamente agradeceu pela comida, saudou a Rainha da Floresta e honrou aquele alimento.

Biel observou atentamente todos aqueles gestos de reverência antes de comer e compreendeu melhor o que Tatu queria dizer sobre a tal consciência.

É como se os povos originários soubessem tornar sagrado cada ato. Eles criam rituais para se lembrar que cada coisa cumpre seu propósito e são gratos por isso.

Biel se recordou que na sua rotina da cidade, muitas vezes, só precisa colocar a comida no micro-ondas e comer enquanto olha o celular. Não fica pensando de onde aquele alimento veio e muito menos o impacto ambiental que pode ter gerado em uma floresta bem distante da casa dele.

Após jantarem e trocarem mais algumas ideias, eles seguiram a trilha pelo coração da floresta.

Enquanto andavam procurando o Xamã das matas, eles conversavam e compartilhavam curiosidades sobre seus diferentes estilos de vida.

— Tatu, você já teve vontade de fazer faculdade?

— Não tenho vontade, porque minha faculdade é aqui. É aqui que eu mostro meus conhecimentos, porque não adianta estudar fora e não trazer os conhecimentos para a minha própria aldeia. Quero que meus filhos, seus filhos e os filhos de nossos filhos possam viver em paz na floresta. Esse é todo o meu pensamento e meu trabalho. E você?

— Bem, eu me inscrevi para a faculdade de Direito. Imaginei que poderia mudar o mundo compreendendo melhor as leis e tornando-as mais justas.

OS 2 GUARDIÕES DA RAINHA DA FLORESTA **145**

— E agora você acha que não vai mais conseguir fazer isso?

— Não sei, tenho percebido que muitas verdades não são reveladas para nós. Vejo que existem muitos conflitos de interesse, e muitas vezes as leis são criadas para beneficiar as pessoas mais poderosas. Tenho medo de me sentir impotente quando estiver formado em Direito. Preciso mudar o mundo de uma outra forma.

— Se os homens brancos da cidade não se empenhassem tanto em destruir a floresta enquanto fingem querer defendê-la com leis que escrevem sobre a pele de árvores derrubadas, a floresta estaria muito mais viva! É por isso que precisamos de pessoas conscientes em todos os lugares. Alguns na floresta, outros na cidade, nas empresas, nas escolas, nos oceanos. Em todos os lugares precisamos de pessoas defendendo a nossa grande mãe.

— É verdade! E você sabe quais são os seus talentos, Tatu? Qual é a sua arte?

— Acho que tenho uma vocação em liderar pessoas. Minha aldeia me considera um líder guerreiro, mesmo sendo bem jovem. Talvez seja porque eu tenho muita coragem para permanecer na linha de frente de todas as batalhas do nosso povo. É preciso ter homens e mulheres na linha de frente para inspirar outras pessoas a se juntarem no bom combate.

— Nossa, que fantástico! Você é um grande líder e carrega muita coragem contigo. Eu tenho buscado descobrir a minha arte. Gosto muito de escrever e de me conectar com as pessoas. Adoro compartilhar as minhas reflexões. Também gosto de ser um aprendiz dos mistérios da vida.

— Sua humildade em querer aprender vai te levar bem longe. Mas, lembre-se que todo aprendiz um dia precisará virar mestre. É o ciclo da vida. Aprender e ensinar são dois lados da mesma moeda — ressaltou Tatu tentando transmitir um ensinamento antigo na língua dos brancos.

— Sim, eu compreendo. Por isso quero ser um ótimo aprendiz, para depois poder ser um grande mestre e ajudar

146 *O Mensageiro*

as pessoas. Mas, queria ter certeza dos próximos passos que eu devo seguir, pois não me vejo voltando para a cidade e começando o curso de Direito como tantos outros colegas da escola. Eu sempre senti que algo maior me aguardava e que eu não viveria uma vida dentro do padrão social.

— Então, vá em frente! O que te impede de viver uma vida diferente dos outros? — questionou Tatu confuso.

— Veja bem, Tatu... O meu povo cria grandes ilusões em nossas cabeças. Somos teimosos e insistimos em repetir um estilo de vida meio deprimente. Confundimos o que é normal com algo natural. Por exemplo, algo que eu reparei nos últimos meses: Não é porque todo mundo está infeliz que a infelicidade é algo natural. Não é porque todo mundo odeia o trabalho que odiar o trabalho é algo natural. Não é porque todos reclamam das segundas-feiras que reclamar da segunda-feira é algo natural — frisou Biel, explicando as contradições do seu povo.

— Eu vejo que você mesmo já sabe a resposta. Você não precisa se comparar com os outros e muito menos seguir as regras doentes do seu povo. Siga seu coração, porque esse caminho padrão está causando sofrimento para vocês, não percebe?

— Pois é, eu não quero seguir um caminho padrão que já está todo tracejado. Ir para faculdade, conseguir um estágio, terminar a graduação, ter um bom emprego, construir uma família com dois filhos, envelhecer, me aposentar e morrer. Imaginar esse cenário me deixa bem triste. Eu vi na internet que, em alguns países do mundo, é bem comum os jovens terminarem o último ano da escola e tirarem um tempo para viajar. Eles ficam vários meses viajando e experimentando diversas atividades para se conhecerem melhor. E só depois que eles se preocupam com a faculdade ou carreira profissional.

— E você já pensou em conhecer melhor o seu país? Desbravar as maravilhas que a natureza daqui nos oferece até você encontrar algo que faça sentido pra você?

OS 2 GUARDIÕES DA RAINHA DA FLORESTA **147**

— Pior que eu não tinha pensado nisso. É estranho... Até algumas semanas atrás eu nunca tinha saído da minha cidade e achava que já conhecia profundamente o meu país. Mas, a verdade é que eu só sabia o que via nos jornais e livros. Eu não tinha noção de como era linda e grande essa floresta aqui, por exemplo.

— Pois é, têm pessoas que preferem conhecer outros quintais antes de conhecerem o seu próprio. O nosso quintal é tão rico, tem tanta história. Muita gente prefere conhecer outros países e conhecer outras culturas antes de conhecer sua própria cultura e origem.

— Eu quero fazer diferente! Eu quero viver uma aventura seguindo meu coração. Desbravar a minha lenda pessoal. Encontrar meu propósito de vida! — gritou Biel com confiança.

— É isso, aí, Biel. E você está certo. Quando declaramos em bom tom para a Rainha da Floresta, ela nos ouve. Talvez você já esteja subindo os degraus que compõem a escada do seu propósito. Muitas vezes, por não vermos o último degrau, achamos que estamos indo para o lado oposto. Mas, um degrau sempre leva a outro.

— Como assim?! — questionou Biel bem interessado.

— Quando você se perdeu na floresta, você achou que tinha sido um grande desastre, né? Mas, se não tivesse acontecido isso, talvez não estivéssemos aqui e agora trocando ideias. E, provavelmente, a gente não ia viver o que está escrito em nossas missões. Um evento leva ao outro. O que no começo parecia algo ruim pode fazer parte de um plano maior.

— Não tinha pensado por esse lado, mas é bem reconfortante. Devemos aceitar as coisas que nos acontecem sem reclamar, porque às vezes era exatamente o que a gente precisava naquele momento.

— Exatamente! E, além disso, o pajé da nossa tribo sempre cantava uma música que nos dizia "Re-clamar é clamar novamente". Ou seja, quando "re-clamamos" de algo estamos "Clamando aos céus" que aquela situação aconteça novamente. Pessoas que reclamam muito acabam atraindo mais daquilo que elas não gostam. Tudo em que a gente coloca nossa atenção, se expande.

— Como você sabe de tantas coisas, Tatu? Eu achava que tinha tanto conhecimento na escola e agora vejo que sei muito pouco.

— Sei quase nada, mas apesar da minha pouca idade, eu sempre conversei muito com os meus ancestrais. Eles eram verdadeiras bibliotecas vivas, pessoas muito sábias que entendiam como as leis da natureza funcionam, mesmo que elas fossem consideradas analfabetas para o resto da sociedade. E o pouco que eu aprendi sozinho foi observando com atenção a própria vida.

Olhou Biel profundamente e continuou:

— Mas, existe uma diferença entre conhecimento e sabedoria. A sabedoria é algo simples, que vem através da vivência, sempre acompanhada da humildade. Na cidade de vocês, eu reparava que existiam doutores e juízes que possuíam muitos conhecimentos de livros, mas eram pessoas muito arrogantes na vida. Eles achavam que suas palavras difíceis e seus conhecimentos eram suficientes para enfrentar as batalhas da vida e, por isso, acabavam tropeçando nos mesmos erros, pois ignoravam os reais aprendizados no dia a dia.

— Então, a partir de hoje eu não vou buscar mais conhecimentos complexos. Eu quero ter sabedoria de vida.

— Você pode ter os dois, Biel. A questão é como você pode usar cada um deles da melhor forma. A sabedoria te guia na vida e o conhecimento te dá poder.

— Verdade. Isso faz sentido. Gratidão, Tatu!

Após mais algumas horas de caminhada, Tatu e Biel resolveram parar próximo ao rio para beber água e se lavar. Por sorte, Biel ainda tinha uma roupa seca sobrando na mochila e poderia se trocar.

— Estamos andando há dias e não tivemos nenhum sinal do Xamã. Precisamos encontrá-lo antes que a profecia se realize e o céu desabe sobre a cabeça de todos nós — disse Tatu, aflito.

— Eu ainda não entendo direito essa profecia. Qual é o real perigo que estamos enfrentando? — perguntou inocentemente Biel.

— Meu povo é um dos últimos guardiões da Rainha da Floresta. E as nossas casas ficam em um terreno que possui muitos minerais sagrados. Isso desperta a cobiça e a ganância do seu povo. Eles querem nos destruir para roubar todas as riquezas do nosso solo. Se eles atacarem novamente a minha aldeia, todas as árvores vão morrer junto. E se a floresta morrer, o mundo inteiro vai sofrer as consequências catastróficas disso.

— Meu Deus! Não vamos permitir que a floresta seja destruída. Estamos juntos e vamos vencer essa guerra — falou Biel com confiança.

Em um raro momento de fragilidade, Tatu sentiu a necessidade de desabafar sobre o que lhe causava angústia e apertava seu peito. Algo completamente aceitável para um jovem que carregava tamanha responsabilidade em seus ombros, mas escondido sob uma pesada armadura.

— Eu não posso fracassar de novo, Biel. Eu não posso deixar que acabem com a minha aldeia novamente. Eu às vezes penso que meus maiores erraram ao me escolher para cumprir essa missão. Eu tento parecer forte e confiante por fora, mas a verdade é que por dentro eu ainda tenho muito medo de falhar. Talvez eu não seja tão corajoso assim e posso decepcionar a Rainha da Floresta. Se ela depender da minha força para sobreviver, temo no fundo do meu coração que toda a floresta esteja em risco. Como você pode ter tanta certeza de que vamos conseguir cumprir a missão, Biel?

— Por causa da nossa fé, lembra? Nós devemos acreditar até o fim! Estamos fazendo a nossa parte seguindo os sinais juntos, aqui e agora. Só precisamos manter a confiança e não duvidar. Nós já encontramos o Xamã! — comemorou Biel repetindo uma lição que ele aprendeu anteriormente com o velho na Bahia.

— Eu me lembro que a primeira vez que viajei de avião para lutar pela floresta e pelos meus parentes, tinham dois rapazes sentados do meu lado e me perguntaram se eu não tinha medo de voar de avião. Eu falei que não tinha medo de avião, porque meu povo já sofreu tanto que eu não posso ter medo de andar de avião. Mas, agora aqui na mata, na minha casa, eu estou sentindo medo de fracassar e ver a minha família sofrer novamente — Tatu enxugou as lágrimas dos olhos e se afastou.

Não demorou muito até que eles decidiram preparar o local para dormirem. A noite já estava chegando e, no dia seguinte, eles precisariam sair bem cedo.

Antes de pegarem no sono, eles fizeram uma oração juntos, entoada por Tatu:

"Pai Nosso que estais nos céus, nas matas, nos mares e em todos os mundos habitados. Santificado seja o teu nome, pelos teus filhos, pela natureza, pelas águas, pela luz, e pelo ar que respiramos... Dai-nos hoje o alimento do corpo, o fruto das matas e a água das fontes para o nosso sustento material e espiritual."

Agradeceram também pela proteção e guiança da Rainha da Floresta, conduzindo os seus passos na grande batalha.

Naquela noite, Biel novamente teve contato com criaturas encantadas. Ele viu no rio uma sereia linda e sedutora e se encantou imediatamente ao se deparar com aqueles lábios carnudos e avermelhados. Ficou maravilhado pelos seus cabelos castanhos soltos ao vento e olhou fixamente para os seus olhos cor de mel. Ao se aproximar dela, a sereia apontou para uma direção. Era ao norte, subindo a margem do rio, rumo a uma grande árvore que se destacava na floresta pela sua majestosa presença. Em seguida, a sereia desapareceu nas profundezas do rio.

Biel agora tinha uma boa pista para onde deveriam seguir seus próximos passos.

OS 2 GUARDIÕES DA RAINHA DA FLORESTA **151**

CAPÍTULO 13

A CURA

Os pássaros começaram a cantar bem cedo. O reino das matas se preparava para um grande acontecimento. Biel já estava acordado, mas não conseguia se mexer.

Tatu se aproximou com um semblante confiante de quem tinha resgatado a sua fé:

— Hayokuã dxahá hotxmãp! Vamos, Biel! Na vida, não importa se a gente cair sete vezes desde que a gente se levante oito. É hoje o grande encontro com o Xamã das matas!

— Tatu, eu não consigo levantar, meu corpo tá paralisado. Acho que o veneno se espalhou.

— Precisamos encontrar o Xamã logo. Temos poucas horas.

— Eu quero meus pais. Por favor, tente ligar para minha mãe e diga que eu a amo muito.

— Calma! Vai dar tudo certo. Tenta se segurar em mim, eu vou te ajudar a andar.

Biel, com muita dificuldade, conseguiu se levantar e apoiou-se com um braço em Tatu e com o outro em seu cajado.

Lá foram eles andando lentamente, ombro a ombro, como dois guardiões que não desistem da missão apesar dos grandes desafios.

— Tatu, eu tive um grande sinal essa noite. Vi uma sereia no rio. Ela apontava para o norte, bem em direção àquela árvore gigante do outro lado. Consegue ver?

— Você viu uma sereia? Isso é um ótimo sinal. Elas quase nunca aparecem, mas são seres de muita luz e sabedoria. Se for verdade, temos uma grande pista de onde o Xamã se encontra.

O único risco é desse sonho ter sido causado pelo efeito do veneno em seu corpo, aí não passa de uma loucura da sua cabeça.

— Não acho que foi loucura da minha cabeça. Lembro-me que meu corpo ficou arrepiado no sonho. E aquele olhar da sereia me trouxe paz por um instante. É a nossa chance, Tatu! Confie na minha intuição.

E, assim, eles foram lentamente avançando em direção ao norte. Com muito esforço e superando seus limites a cada passo dado, ambos deixaram de lado a fome e o cansaço para subir morros perigosos e atravessar colinas, abrir difíceis caminhos na mata, até que, finalmente, avistaram a grande árvore com nitidez.

Biel não conseguia mais manter os olhos abertos. Sua cabeça doía muito e seu corpo estava a ponto de desmaiar de exaustão a qualquer momento. Tatu tentou carregá-lo por mais alguns minutos, porém não tinha mais força para continuar segurando-o.

Ele estava muito preocupado com o estado de saúde do Biel, mas não queria demonstrar desespero para não piorar a situação. Lembrou-se, então, de uma música ancestral do seu povo que ouvia sua mãe cantar todas as noites antes de colocá-lo pra dormir. Tatu passou a entoar alto os versos, como se estivesse invocando a ajuda dos seres protetores da floresta.

"Awehy Tupã, Awehy Niamisū, a nossa força vem da mata e juntos somos um... Com o meu maracá, eu vou cantando pra floresta... Agradecendo os naô e saudando a mãe terra."

Nesse momento, todas as folhas começaram a balançar fortemente. As árvores se agitavam como se um furacão estivesse se aproximando. Animais subiam e desciam dos troncos. Uma rajada repentina de vento chacoalhou a floresta.

Tatu e Biel pareciam ter sido inspirados por aquela força. A Magia das Matas estava presente e mais viva do que nunca. Os rapazes conseguiram andar por mais alguns metros até que, finalmente, chegaram à porta da Rainha da Floresta: A maior Samaúma da Amazônia. Sua altura era de quase oitenta metros.

A Rainha das Rainhas era majestosa. Seus galhos entrelaçados no topo formavam a imagem de um grande cocar, composto por formas geométricas que pareciam mandalas. Mais abaixo, no tronco da árvore, era nítida a imagem de uma misteriosa expressão feminina, firmada por uma linda coroa dourada. Seu rosto estava parcialmente coberto por folhas largas e escuras que formavam seus longos cabelos pretos caídos até o chão.

Ela estava de pé, bem firme e exuberante, envolvida por uma manta sagrada em tons de verde-esmeralda, e iluminada por uma luz dourada que espelhava em todo seu corpo.

A Rainha se revelou sem dizer uma palavra sequer, pois sua presença já era impactante o suficiente. Sua postura de braços abertos emanava uma indescritível sensação de acolhimento e proteção, como a de uma mãe que aguardava esperançosamente o reencontro com seus filhos.

Biel se jogou aliviado nas suas raízes. E Tatu ajoelhou-se em reverência, tocando a palma das suas mãos na terra.

Uma voz estranha ecoou por detrás da mata:

— Awei! Haux Haux! Sejam bem-vindos, guardiões de Gaia. A Rainha da Floresta saúda as suas forças. Vocês aprenderam as lições e conseguiram chegar até aqui!

Biel reparou que aquele tom de voz era bem familiar aos seus ouvidos e, ao abrir os olhos com dificuldade, percebeu que o Xamã era um antigo conhecido. Para sua surpresa, avistou bem na sua frente o mesmo ancião da cidade, mas agora ele estava vestido com uma capa misteriosa formada por penas vermelhas. Seu rosto estava todo pintado de tinta branca, vestia um colar com dentes afiados de macacos e em seus braços usava braceletes de madeira com desenhos de falcão.

— A honra é nossa, grande Xamã das matas! Viemos de longe para te encontrar! — disse Tatu com uma voz de esperança.

— Estamos aqui para pedir sua ajuda. Biel está morrendo e a floresta corre perigo. Minha aldeia está sob ataque do Povo da Mercadoria. Os inimigos da floresta querem sugar toda a riqueza do seu solo. Somos minoria e estamos em desvantagem.

— Por acaso, vocês não têm fé? Vocês não estão em desvantagem, pois a Rainha da Floresta sempre está com vocês — provocou o Xamã.

— Temos fé, sim. Me perdoe. Mas, minha missão era te encontrar e ouvir o seu conselho de como podemos vencer essa guerra — implorou Tatu.

— Vocês sabem quais são os dois dias mais importantes na vida de uma pessoa? — rebateu o Xamã ancião em tom enigmático.

— Não — ambos responderam simultaneamente.

— Bem, o primeiro é quando você nasce. E outro é quando você descobre seu propósito de vida! — falou o Xamã olhando fixamente para os dois rapazes.

— Vocês souberam ler os sinais e ouviram seus corações, por isso conseguiram chegar até aqui e me encontrar. Agora, para vencer essa guerra, vocês terão que unir as suas forças. O Guerreiro e o Mensageiro. Os dois guardiões da Rainha da Floresta.

Xamã abriu os braços e, olhando para o céu, continuou seu discurso:

— Todo o povo das matas, visíveis e invisíveis, esperavam por esse grande encontro. Os homens brancos da cidade devastam a floresta com rapidez, como se quisessem devorá-la. Nós, Xamãs, estamos vendo que ela sofre e está muito doente. O futuro das cidades e das florestas depende de vocês. Hoje, começamos a contra-atacar e vencer essa guerra. Haixope!

— Por favor, Xamã, ajude o Biel a se livrar do veneno antes que seja tarde — pediu humildemente Tatu.

— Vou preparar o chá da floresta. A Ayahuasca. Mas, essa bebida sagrada só vai curá-lo se ele tiver a coragem de fazer um grande mergulho em suas próprias sombras e medos. Não se pode usar a medicina com medo. Não adianta tomar um remédio sem fé, porque assim nunca vai curar sua enfermidade. Você precisa sentir no seu coração e confiar, Biel.

— Eu confio — falou Biel com dificuldade.

— Lembre-se que a medicina é cura, Biel. Cura do corpo e do espírito. A bebida será uma aliada e uma professora para te guiar nas profundezas de si mesmo. Só assim poderá renascer uma nova pessoa — explicou Tatu na tentativa de encorajar Biel.

Biel abriu os braços e acenou positivamente com a cabeça.

Sem perder tempo, o Xamã preparou o chá misturando uma folha de chacrona com o cipó de jagube colocado na água que fervia no fogo.

— Aqui está, guardião. Estaremos ao seu lado para que você tenha a coragem de enfrentar os seus inimigos internos. Não será fácil, mas vai valer a pena! O Biel que eu olho nos olhos agora será um Biel completamente diferente do que vai retornar. Será um renascimento no ventre da nossa Mãe Natureza! Ahooo!

Biel, sem hesitar, engoliu todo o líquido marrom em um gole. O gosto era amargo e lembrava o sabor da terra. Depois disso, fechou os olhos segurando o seu cajado na altura do peito.

As imagens logo começaram a se formar em sua mente...

Ele estava como um espectador da cena. Era como se pudesse assistir a um filme da sua própria vida, como em um cinema onde vemos a história desenrolar na frente da nossa poltrona.

Estava no meio de um quarto escuro, deitado no berço. Ele se viu quando era ainda um bebê. De repente, algumas luzes vermelhas começaram a piscar no quarto e aranhas surgiram do chão. Eram aranhas enormes. Elas cercavam o berço e encaravam o bebê com seus olhos pretos. Biel se via chorando. Estava sozinho, com medo e só queria que elas fossem embora.

As aranhas se juntavam e formavam uma grande teia. Elas prendiam seus braços e pernas com uma teia pegajosa na tentativa de aprisioná-lo para que ele ficasse imóvel e não pudesse sair do berço.

156 *O Mensageiro*

Ao assistir a toda aquela cena, Biel resolveu entrar no filme. E entrou com seu cajado já cortando as teias, segurando o bebê nos braços e afastando as aranhas.

— Não tenho medo de vocês! Vocês não vão mais me assustar! Agora eu sei como me defender — gritou Biel intimidando as aranhas.

E assim bateu seu cajado no chão três vezes, criando uma grande bolha de proteção. As aranhas se queimavam ao tocar naquele campo de força e uma por uma acabava se transformando em pessoas conhecidas por ele. Eram familiares e colegas que duvidavam da sua capacidade desde a sua infância. Pouco a pouco, elas foram se afastando e fugindo.

Biel abraçou sua própria criança. Deu um beijo na testa e disse que o amava. De repente, a cena mudou de cenário.

Agora, ele se enxergava quando ainda era um pré-adolescente. Talvez tivesse uns onze ou doze anos. Era a repetição de um episódio que ele tinha vivido na escola, uma espécie de apresentação para a turma.

Ele estava visivelmente envergonhado, pois era um menino muito inseguro. Na hora de apresentar a sua parte e falar em público, ele começou a gaguejar. Parecia que as palavras não conseguiam sair de sua boca. Todos os alunos passaram a vaiá-lo. O pequeno Biel ficou ainda mais nervoso e embolou suas palavras na língua. Seus colegas se acabaram de rir e fizeram piada dele.

Nessa hora, o Biel do presente decidiu novamente entrar na cena. Ninguém o via. Somente a sua versão pré-adolescente que ouviu o seguinte conselho dele:

— Se divirta nas piores situações! Não tem problema gaguejar, nem errar. A única coisa que você não deve fazer é carregar essa culpa por não ter correspondido às expectativas dos outros. Você não precisa agradar ninguém. Você só precisa dar o seu melhor com confiança. Muitos sempre ficam na plateia apontando o dedo e julgando aqueles que tiveram a coragem de entrar em cena. Eu tenho muito orgulho de você. Parabéns, Biel!

Nessa hora, Biel, ainda garotinho, sentiu uma dose de ânimo e coragem. Levantou sua cabeça, olhou todos seus colegas nos olhos e deu risada junto com eles. Voltou a falar com confiança e, aos poucos, foi cativando a atenção de cada um deles. No final da apresentação, todos aplaudiram e reconheceram a sua coragem de se expor.

A sensação após esse episódio foi de um grande alívio em seu peito. Simbolicamente, era como se cada situação revivida o curasse de grandes traumas e bloqueios que estavam presentes no seu inconsciente. Agora, ele estava se sentindo cada vez mais forte e livre.

Mais uma vez, a imagem se apagou e entrou uma sequência de vários momentos em que Biel interagia com pessoas diferentes. Ouvia vozes:

— Sua letra é feia!

— Você não tem talento com a escrita!

— Você tem que trabalhar com o que vai te dar dinheiro!

— Não existe esse papo de trabalhar com o que ama!

— Você acredita em um mundo mágico que não é real

— Você tá louco e sonhador demais!

Biel foi percebendo que, durante toda a sua juventude, muitas pessoas tentaram abalar sua fé e suas convicções, bem como moldar seu pensamento e tomar decisões por ele. E, com o passar dos anos, Biel foi acreditando em todas essas frases que, nada mais eram do que mentiras. E o pior de tudo: As mentiras dos outros acabaram virando as suas verdades.

Ao lembrar novamente cada frase, Biel foi substituindo uma por uma das suas memórias por novas formas de pensar. Agora, era ele o protagonista da sua vida e as crenças limitantes das outras pessoas não tinham mais nenhum poder sobre ele. De agora em diante, Biel deveria agir com mais confiança e se tornar o criador da sua própria realidade. Ele passou a repetir em voz alta cada novo pensamento:

— Eu amo escrever e confio na minha escrita!

— Eu posso ser quem eu quiser!

— Dinheiro é consequência do quanto eu ajudo as pessoas com meus talentos!

— Eu sou um sonhador vivo e tenho orgulho disso!

— Eu prefiro ser um louco livre do que um obediente frustrado!

Biel acordou por um segundo, vomitou boa parte do veneno vermelho que estava no seu corpo, e logo voltou a acessar outras realidades.

Ressurgiu observando a si mesmo subindo a ladeira da sua casa. Não havia mais diferença de idade entre eles. Mas, conseguia ouvir os pensamentos barulhentos em sua cabeça:

"Qual é o meu propósito?"

"Como eu posso ser feliz trabalhando com o que eu amo sem morrer de fome?"

"Como eu posso descobrir meus talentos?

"Como eu posso ajudar as pessoas com os meus dons?"

Biel reparou que essas perguntas tinham sido os dilemas que ele viveu neste último ano. Eram conflitos e preocupações que o fizeram perder horas de sono. E o pior: Ele ainda não tinha todas as respostas.

— Bem, mas por que estão me mostrando isso agora? — pensou Biel intrigado com aquela cena.

Nesse instante, o chão da ladeira tão familiar que subia em direção a sua casa começou a ser inundado por um grande rio. Uma canoa pequena e vazia se aproximou até ele decidir pular para não se afogar.

Ele percebeu uma luz cristalina saindo da água e, de repente, surgiu uma cauda azul brilhante de sereia. Era ela! A mesma sereia que ele tinha visto em seus sonhos na noite anterior

— Olá, Biel! Agora podemos nos apresentar devidamente! Eu sou a Oiá! A sereia protetora das águas.

— É um grande prazer falar com você novamente, Oiá. Eu te agradeço muito pelo seu sinal para encontrar o Xamã curandeiro.

— Não precisa agradecer. Você esteve aberto, sem preconceitos, e mereceu a nossa ajuda. Os guardiões da floresta também protegem as águas. Somos todos filhos de Gaia e Tupã.

— Eu sei que nesse momento estou sonhando ou acessando outras realidades. Mas, ainda não entendi por que vim parar aqui — Biel falou com uma incomum tranquilidade.

— Ora, você não quer encontrar as respostas para as suas perguntas?

— Sim, por favor! Se eu conseguir voltar para casa, ainda vou precisar dessas respostas para saber qual rumo tomar nos próximos capítulos da minha vida.

— Bem, então respire fundo. Você está em uma canoa no meio das águas. Você sabe o que a água significa?

— Não — respondeu Biel intrigado, pois nunca tinha imaginado que isso pudesse representar algo.

— A água simboliza as nossas emoções. Águas muito agitadas representam emoções muito confusas. Já as águas calmas representam emoções mais serenas e equilibradas. Enquanto você estiver respirando fundo, você manterá suas emoções em harmonia e paz.

— Nossa, eu não sabia disso. Sei muito pouco sobre as minhas emoções.

— Pois então, chegou a hora de descobrir mais sobre elas. Qual é a cor da água que você está vendo fora da canoa, Biel?

— Eu vejo águas pretas bem escuras e turvas.

— Então, isso mostra que você não tem clareza sobre suas emoções, como se ainda não as compreendesse direito. Você quer descobrir mais sobre elas? — perguntou Oiá, conduzindo a conversa com muita sabedoria e cautela.

— Claro que sim, eu quero. Mas, confesso que tenho medo de mergulhar nessas águas.

— Eu te entendo, Biel. Porém, dessa vez será preciso mergulhar. O corajoso não é aquele que não tem medo, mas aquele que vai mesmo com medo. Só sentindo suas emoções na pele para compreender como lidar com elas. Eu estou aqui para te ajudar.

Biel respirou fundo mais uma vez, levantou da canoa e mergulhou de cabeça nas águas escuras. Seu corpo inteiro tremeu, pois a água estava muito gelada. Ele não conseguia enxergar muita coisa embaixo dela.

— Isso, Biel. Agora você está sentindo suas emoções. O que elas te dizem? Quais sensações elas te causam?

— Eu sinto frio. Mas, ao mesmo tempo, estou me sentindo um pouco mais relaxado. É como se elas estivessem me lavando.

— As emoções lavam nossas dores e curam nossos medos. Permita que as águas percorram todo o seu corpo. Entregue-se para as suas emoções — orientou a sereia Oiá.

Nesse momento, Biel conseguiu boiar no rio e as águas começaram a se movimentar em círculo, formando um grande espiral nas ondas. Ele se assustou, mas ao ouvir as palavras de Oiá, voltou a relaxar seu corpo novamente e a se render.

— É assim que você lida com suas emoções, Biel. Jamais reprimindo, nunca resistindo. Você se permite senti-las e se entrega ao seu fluxo para que elas te mostrem o caminho. Coloque para fora tudo o que você quiser falar a partir de agora. Me deixe te acolher — falou Oiá com um tom de voz bem doce.

— Eu cansei de sempre me cobrar tanto. Eu não quero precisar ter o controle de tudo. Eu quero poder errar e, também, aceitar os meus defeitos. Eu me amo do jeito que eu sou.

Biel chorou de soluçar após o desabafo.

— Continue, Biel. Coloque para fora, chore o quanto precisar. Está tudo bem. O choro é uma grande bênção. Ele também está te purificando. O ato de se acolher é abraçar todas as nossas qualidades e defeitos.

— Eu quero ser livre. Quero descobrir meus dons e expressá-los sem medo. Quero gritar, dançar, cantar, escrever. Eu quero SER. Somente SER. Como uma criança que brinca e se diverte sem motivos, pelo simples fato de estar viva.

— Agora você pode, Biel. Seja quem você é. As suas emoções são como rios que seguem seu fluxo naturalmente. E saiba que as águas do rio sempre vão em direção ao mar e deságuam por lá. Assim como suas emoções que sempre deságuam no seu coração. Deixe seu coração falar por você. Sinta-o como você nunca sentiu.

Biel, então, contagiado por uma grande alegria, começou a nadar e mergulhar nas águas do rio, que passaram a ficar cristalinas. Ele jogou água para cima, brincou e se divertiu com ela. Ouviu seu coração bater mais forte. Finalmente estava livre para sentir! Agora, conseguia sentir desde as gotas d'água na sua pele até a brisa do vento em seu cabelo.

De repente, Biel reparou no lindo e nítido reflexo da lua cheia nas ondas. Nesse instante, ao olhar para o céu, Biel se emocionou muito, como se estivesse novamente se abrindo para um lado seu que durante muito tempo esteve bloqueado.

— Essa é a nossa lua cheia. Ela que guia o nosso lado oculto, aquilo que está em nosso inconsciente. Todos nós temos um lado feminino e masculino. O Sol é o masculino e a Lua o feminino. O feminino está relacionado a sua intuição, criatividade e sensibilidade. É o seu lado mais sutil, amoroso e sentimental. Quando fazemos as pazes com a Lua, dizemos que estamos honrando a nossa Deusa interior.

Uma conexão repentina ressurgiu entre Biel e a lua. Os raios dela ficaram mais intensos e ele sentiu na alma a luz da lua derramando por todo o rio em que ele se banhava. Pela primeira vez, Biel experimentava o que as pessoas diziam ser um "banho de lua".

— Salve a lua cheia! Me abençoe, Deusa da noite! A partir de agora, estamos conectados para sempre — declarou-se Biel para ela, encantado com o seu brilho de uma forma nunca antes vista.

— Você está pronto para voltar, Biel. Com o seu lado feminino desperto, você saberá o que fazer para levar a mensagem da Mãe Natureza para o mundo. A lua, a Terra e a floresta são as forças femininas das nossas vidas. Escreva e fale tudo o que você aprendeu aqui para o mundo. Lembre-se que a sua comunicação é a arma mais poderosa para se conectar com a sua intuição.

— Eu agradeço demais, sereia Oiá. Você me ensinou tanto! Queria poder ficar com você por muito mais tempo.

— Biel, preste atenção. Muitos vão querer desviar a sua mensagem e impedir que ela se propague. Tenha muito cuidado, esteja sempre vigilante com a maldade do mundo e desconfie do Povo das Serpentes. Agora chegou a hora de cumprir sua missão. Guarde com muito cuidado essa poderosa semente da Rainha da Floresta, leve-a para a cidade e, com a melhor das intenções, plante-a em um solo sagrado perto da sua casa.

Biel abriu os olhos de repente e acordou no meio da floresta. Percebeu que agora segurava uma grande semente verde e dourada nas mãos. Ele olhou ao seu redor e avistou Tatu e o Xamã, que lhe receberam com um sorriso.

— Bem-vindo de volta, Biel — disse o Xamã estendendo o seu braço para ajudá-lo a levantar.

— Nossa! Não sei descrever em palavras tudo o que eu passei. Mas, me sinto bem, me sinto forte, me sinto diferente.

— Você adormeceu como um jovem buscador e acordou como o Mensageiro da Floresta — afirmou o velho Xamã.

— Agora, sentem-se juntos aqui perto da fogueira.

O Xamã apontou para as duas pedras grandes que serviam como altar.

— O que eu vou falar agora é muito importante. Estamos apreensivos, para além da nossa própria vida, pois nos preocupamos com a Terra. O planeta está correndo um grande risco de entrar em colapso. Os homens das cidades não parecem se preocupar de serem esmagados pela queda do céu. Mas, um dia, quando pararem de ignorar os perigos, talvez tenham tanto medo quanto nós. Os Xamãs sabem das coisas ruins que ameaçam os humanos. Porém existe uma grande profecia que diz "Quando o Guerreiro da luz e o Mensageiro da floresta se encontrarem, a humanidade inteira terá uma última chance de impedir o fim dos tempos.

E o Xamã continuou a falar com um tom de voz muito firme:

— Biel, o mensageiro da floresta, você vai espalhar essa mensagem pelo mundo. Você foi preparado durante toda sua vida para compartilhar seus ensinamentos. Conecte-se com a sua escrita. Esse é o seu dom. Quando você se comunica com seu coração, você acessa o coração das outras pessoas. Você se lembra que chegou aqui nas matas carregando um dilema? Se era possível trabalhar com o que ama, ser feliz e rico ao mesmo tempo?

Biel, emocionado com tudo que estava acontecendo, balançou a cabeça positivamente.

O Xamã, então, fechou os olhos e compartilhou mais uma grande lição:

— Bem, aprenda de uma vez por todas algo que você desconhece. O problema não é o Ter. É quando o Ter começa a querer se sobrepor ao Ser. Quando você vibra no Ser, o Ter se manifesta naturalmente. Mas, quando você prioriza o Ter, o Ser fica sufocado. Existem várias formas de riquezas, além da material. Você já ouviu falar em prosperidade?

— Já ouvi, sim. Mas, confesso que não sei o que essa palavra realmente significa.

— A prosperidade é o que você realmente busca. E, sim, ela está ao alcance de todos. Se você fechar os olhos por um momento, sua intuição receberá dos reinos celestiais a resposta que você tanto quer.

Biel fechou os olhos, concentrou-se e, em poucos segundos, ouviu uma voz interna. Era como se uma versão mais evoluída de si mesmo, o mestre, que pudesse trazer a mensagem para o seu eu menos evoluído, o aprendiz. As seguintes palavras soaram em sua cabeça:

"Você pode se tornar muito rico de dinheiro,
mas acabar sendo muito escasso de vida.

Prosperidade é ter amigos verdadeiros para
compartilhar suas vitórias e desafios.

Prosperidade também é criar um estilo de vida
em que você se sinta feliz e nutrido.

Prosperidade é trabalhar com algo que faça
sentido para você e que te mova.

Prosperidade é ter tempo para si mesmo.

Prosperidade é ter saúde e vitalidade para brincar com a vida.

Prosperidade é ter acesso. É ter a liberdade financeira, de
tempo, geográfica, para fazer o que você quer, quando quiser.

Uma pessoa próspera é uma pessoa
que se sente bem com a vida.

Aquela que aprende a apreciar um pôr do sol. É aquela que
sente prazer em cuidar do jardim e em dançar na chuva.

Ah! Como é desafiador criar essa realidade!
Porque a nossa mente, mente.

E essas mentiras na nossa cabeça nos
desviam da verdadeira caminhada.

Acabamos em empregos que nos drenam, suportamos
rotinas desagradáveis, deixamos nosso brilho ser
ofuscado para atender às expectativas dos outros.

Não, você não precisa mais ser aceito.

Você já se aceita, e é isso que importa.

É a sua vida, é o seu sonho, é o seu
presente, é a dádiva do Criador.

Vai desperdiçar esse milagre ouvindo suas
mentiras e a mentira dos outros?

O limite é criado em nossas cabeças.

A prosperidade é um estado de espírito.

O próspero floresce todos ao seu redor. Ele
desaprende a competir e começa a colaborar.

Onde ele toca nascem frutos.

*O próspero é sábio de ouvir e aprender com
tudo e com todos. Ele também compartilha seus
conhecimentos para quem está disposto a ouvi-lo.*

*Essa troca de dar e receber também faz a
energia das coisas materiais circular.*

*O próspero deixa o canal aberto. Ele
entrega e confia no fluxo universal.*

*O próspero aprendeu a ter fé. Ele sabe que tudo
acontece por um motivo e entende que tudo
tem um propósito para nossa evolução.*

*O próspero busca a sabedoria para passar pela escola da vida
celebrando os prazeres com consciência e responsabilidade.*

*O próspero dá valor às pequenas coisas porque entende
que nos detalhes estão os grandes acontecimentos. Ele
sabe que a verdadeira riqueza mora na simplicidade.*

*O próspero é abundante. Nada falta para ele.
Mas, também ele não usa mais do que precisa.
Ele está completo e em total equilíbrio.*

*Quanto mais aprendemos sobre prosperidade,
mais teimamos em esquecê-la.*

*Porém, devemos continuar, diariamente, tentando
nos manter prósperos para criarmos uma
realidade de prosperidade ao nosso redor.*

A voz silenciou por um momento, interrompendo aquele diálogo interior. Biel, então, abriu os olhos lacrimejados e agradeceu aos céus por canalizar mais uma linda lição. Era como se aquela sua versão mais evoluída do além tivesse acabado de lhe ensinar algo muito valioso para o resto de sua vida.

Em seguida, o Xamã retomou a fala alertando-o sobre as oportunidades que estavam diante dele:

— Biel, nesse momento você está diante de uma grande bifurcação na sua vida. Está prestes a passar por um caminho repleto de perigos do mundo. Eles tentarão te fisgar pela ganância e te seduzir com poder para provocar a sua queda. Poderá até ter muitos desejos realizados, mas, no final do dia, colocará a cabeça no travesseiro e sentirá o profundo vazio da sua alma por não ter cumprido o seu grande propósito. Você corre o risco de trair o seu coração e ser manipulado pela sua própria mente. Após uma breve pausa em silêncio, o Xamã finalizou:

— No outro caminho, você terá a desafiadora jornada da luz. Por meio da sua escrita e comunicação, levará a mensagem da floresta para muitas pessoas. Com simplicidade e humildade, será o Mensageiro das Matas na cidade. O guardião da Rainha da Floresta vai ter a honra de compartilhar ao mundo a sabedoria de Gaia. Cuide das suas palavras, pois as ideias são poderosas e, se mal utilizadas, poderão ser mais perigosas do que armas nucleares. Os seres encantados estarão sempre com você protegendo-o e ajudando-o a abrir seus caminhos.

Biel ajoelhou-se e, em um gesto digno de um grande guardião, fincou seu cajado na Terra.

— Eu escolho o caminho da Luz. Eu vou defender a nossa floresta com o poder da minha palavra! Falarei com homens da cidade com força e sem medo de fazer eles me escutarem. Eu levarei a mensagem da floresta com todo o meu amor!

O Xamã olhou para Tatu:

— Tatu, grande guerreiro da luz, você é o Rei das Matas. Guardião da floresta. Sua coragem é a sua flecha e sua bondade no peito é o seu escudo. Mas, a sua fé será testada. Você confia na Rainha da Floresta a ponto de arriscar sua própria vida? Você será destinado para a maior missão do seu povo e enfrentará os piores inimigos da floresta quando voltar para sua aldeia. Mas, lembre-se de que nós estaremos ao seu lado. Mesmo que você não nos veja com seus olhos físicos, estaremos com você. Salve a sua força, Tatu! O povo das matas reverencia o grande Ser que você é. Nós te abençoamos.

O Xamã pediu para que os dois rapazes se levantassem e ficassem de frente um para o outro.

— A partir desse momento, vocês estarão sempre conectados. Vocês são os dois guardiões da Rainha da Floresta. A vitória na missão de um é também a vitória na missão do outro. Mas, se um de vocês fracassar, será o fracasso de todos nós também. Vocês são a nossa última esperança. E lembrem-se: Mantenham sempre o entusiasmo!

Por fim, o Xamã trouxe sua última orientação:

— Biel, só mais uma coisa: O cajado que você segura é um grande instrumento mágico. A floresta te concedeu essa arma, pois sabe que você a usará com sabedoria quando as palavras não puderem ser ditas. Haux Haux!

Biel e Tatu agradeceram ao Xamã por todos os conselhos e lhe deram um abraço.

Ambos se aproximaram da grande Samaúma, encostaram suas testas nos pés da Rainha da Floresta, e pediram a sua benção e proteção. Depois, despediram-se dela emocionados.

A partir daquele momento, os dois teriam que correr contra o tempo para defenderem a aldeia sagrada dos invasores.

CAPÍTULO 14

A BATALHA FINAL

Após alguns dias, Biel já tinha se esquecido de que era ainda um jovem desaparecido na Floresta Amazônica e que sua família deveria estar extremamente preocupada com ele. Suas prioridades haviam mudado completamente com tudo o que ele estava vivendo ali.

Ele passou a acreditar que a sua lenda pessoal já estava escrita. E, por isso, deveria confiar e continuar dando o seu melhor para cumprir a missão. O amor de sua família deveria servir como um combustível para ele seguir firme em sua jornada.

Durante vários dias, os jovens correram depressa pelas matas e muitas gotas de suor foram deixadas pelo caminho. Assim, eles atravessaram cada centímetro da floresta como verdadeiros guardiões. Cada árvore e animal de Gaia torcia por eles. A energia da mata vibrava como se todos os seres depositassem um pouco das suas luzes naqueles dois rapazes.

Eles caminharam por dias e dias atravessando muitos hectares de floresta. Pararam poucas horas para descansar e pouco falavam. Era inspirador ver dois jovens tão determinados a cumprirem as missões que foram destinadas a eles: Expulsar os invasores e espalhar a mensagem da floresta na cidade.

Em um final de tarde começou uma poderosa sequência de trovões, Biel e Tatu pararam para recuperar as energias por um instante.

— Não é interessante pensar que nossos sonhos mudam com o tempo? — comentou Biel sobre uma observação que tinha feito durante os momentos de silêncio.

— Sim, eu acho que eles sempre se renovam. Assim como nós amadurecemos com o tempo, é normal que tenhamos novos sonhos ao longo da vida — respondeu Tatu.

— Talvez. Mas, por experiência própria, também acho que vamos nos dando conta de que alguns sonhos "nossos" eram, na verdade, sonhos de outras pessoas. E, por muito tempo, acabamos sonhando o sonho delas. Só depois percebemos que não era bem aquilo que nós realmente queríamos.

— Sim, sim. É por isso que precisamos sempre perguntar ao nosso coração — comentou Tatu.

— Hoje, eu percebo também que alguns sonhos nos levam ao encontro de outros e cada um cumpre seu papel em determinado momento. Antes de sonhar que poderia escrever e compartilhar minhas ideias para o mundo, pensei em ser jogador de futebol. Um sonho vai abrindo porta para o outro. Basta que o sonho seja genuinamente seu e faça sentido para você, ele te levará até o lugar que você deve ir — justificou Biel com brilho nos olhos.

— Verdade! São os degraus, lembra? Um degrau sempre leva ao outro, porque fazem parte da mesma escada. Cada um no seu momento. O importante é que você sinta que está na escada certa.

Os jovens fizeram uma pausa naquela conversa sobre sonhos e caminharam por horas em silêncio. Os trovões intensificaram durante aquele entardecer avermelhado na floresta em que o sol parecia sangrar no horizonte e o céu prestes a desabar.

Biel, preocupado com o futuro da aldeia, questionou:

— Tatu, sem querer ser pessimista, mas qual é o plano para defender sua aldeia?

— Não tenho plano. Mas, confio de olhos fechados na Rainha da Floresta. O Xamã disse que eu deveria acreditar nela com a minha vida. Nem sempre precisamos saber como vamos realizar determinadas tarefas. Na verdade, muitas vezes não temos controle sobre as situações. Então, precisamos confiar e entregar — explicou Tatu, buscando se convencer das suas próprias palavras.

— É verdade! Isso é a Fé em ação! E a prática é o critério da verdade. Da mesma forma que se o conhecimento não for convertido em ações, ele não tem força. Fico feliz de saber que estamos aplicando tudo aquilo que aprendemos ao longo dessas últimas semanas — comemorou Biel abrindo um sorriso.

Ambos se entendiam perfeitamente e a cada dia falavam a mesma linguagem universal.

A escuridão da noite se aproximava durante a travessia na floresta. Ao parar em uma colina, Tatu apontou para a direção sul.

— Estamos chegando perto da aldeia, já consigo ouvir o som da batida dos tambores.

— Finalmente! Eu nunca andei tanto na minha vida. Quando voltar para casa eu vou querer tomar um delicioso banho quente. E fazer massagem nos pés — disse Biel rindo.

— Eu também quero tomar um banho quente e receber essa massagem.

— Você será muito bem-vindo na cidade! Vou te apresentar para todos os meus amigos. E vou te mostrar as coisas boas que acontecem fora da floresta. O mundo na cidade também tem suas maravilhas!

— Eu agradeço, Biel. Será uma experiência única conhecer o lugar de onde você veio. Assim como seus dias na floresta também devem ter sido um divisor de águas na sua vida, né?

— Completamente! Eu já considero que existe uma vida antes e depois dessa viagem para a Floresta Amazônica. Eu me sinto totalmente diferente de quando pisei aqui no primeiro dia. Quero muito proporcionar essa oportunidade para outras pessoas.

— E assim será! A floresta cura e nos transforma. Já sabe como você vai propagar a mensagem da floresta para o mundo?

— Eu vou escrever um livro! E graças à internet vou espalhar essa mensagem para os quatro cantos do planeta. Eu boto muita fé nisso!

— Você sonha grande, Biel! É bom estar perto de pessoas que têm sonhos grandes. E qual será o nome do seu livro?

— Bom, não sei ainda... Mas pensei que pudesse ser "Os filhos de Gaia" ou "Os 2 Guardiões da Rainha da Floresta".

— Gostei! Os dois Guardiões da Rainha da Floresta é um nome bem marcante sobre a nossa missão aqui. Você será o nosso mensageiro lá fora. E quem sabe esse título poderá despertar novos guardiões pelo mundo e você terá que escrever novos livros sobre esse movimento que surgiu quando outros de nós ouviram o chamado. Já pensou?! — falou Tatu em tom profético.

Os dois jovens interromperam a conversa para que pudessem andar mais rápido, mesmo com a chuva caindo sob suas cabeças. Aquele diálogo foi um poderoso combustível para focarem ainda mais na missão e não darem margem para erros.

Durante a escuridão da noite em toda mata, os jovens caminhavam com muito cuidado em cada passo dado. Alguns pontos brilhantes começaram a acompanhá-los na trilha.

— Olha! São vagalumes iluminando nossos passos! — disse Biel apontado para os pontos reluzentes.

— Esses são os elementais do ar. Nós chamamos de Silfos. E, se eu não me engano, acho que vocês dão o nome de fadas em suas histórias de fantasia.

— Nossa! É sério que as fadas existem mesmo? Agora eu vejo que muitos símbolos dos filmes de fantasia que eu assistia quando era criança tinham uma dose de realidade. Por que será que elas não aparecem para a gente nas cidades? — perguntou Biel desapontado.

— Os elementais são energias da natureza. Seres que cuidam dos quatro elementos: Fogo, Ar, Terra, Água. Eles só aparecem para quem está sintonizado com a natureza. Eles sempre estão aqui, mas nem todos podem vê-los. Além disso, eu acho que, se uma fada aparecesse nas ruas da sua cidade, poderia criar uma grande bagunça, né?

— Isso seria muito engraçado. Consigo imaginar o caos que isso iria criar na vida das pessoas!

Tatu subiu em uma rocha e olhou novamente para a direção sul. Ele estimou que a sua aldeia estava a meio-dia de distância. Se eles acelerassem o passo, talvez pudessem chegar ao amanhecer.

— Veja onde você colocou seu pé. Isso parece parte de alguma construção que está embaixo da terra. Desce daí, Tatu! Vamos ver o que tem aqui.

Os dois guardiões escavaram mais a fundo a aparente rocha, e após tirarem bastante terra em volta daquela pedra, perceberam que era o topo de uma coisa magnífica.

— Estamos em cima de uma pirâmide, Tatu! Descobrimos algo muito antigo — gritou Biel com o seu corpo todo arrepiado.

Logo em seguida, Biel achou uma placa parcialmente coberta por terra e fez questão de iluminar as palavras escritas nela:

"Diz uma antiga lenda que, na criação do mundo, uma pirâmide seria o resultado da luta entre a harmonia e a discórdia. A pirâmide, de tempos em tempos, apareceria para que lembrássemos que é preciso um grande esforço para manter a harmonia."

— A lenda da pirâmide da harmonia é verdadeira! Meus maiores sempre contaram essa história em nossa aldeia. É um grande sinal, Biel!

Tatu escalou novamente a pirâmide e ajudou Biel a subir também.

— Dizem que se você encontrar a pirâmide e colocar sua mão direita sobre sua mão esquerda e ambas tocarem no ponto mais alto da pirâmide, em pouco tempo todos os povos do Universo entrarão em harmonia.

Os garotos silenciaram suas vozes e se conectaram com seus corações para uma oração honesta: Queriam a paz no mundo e a comunhão entre todos os irmãos e irmãs da grande família chamada humanidade.

A energia da harmonia, por um instante, tomou conta daquele ambiente e reverberou nos corpos dos jovens.

— Assim que chegarmos lá na aldeia, você vai precisar entrar na última maloca. Lá, você vai escalar uma escada de madeira e subir até o teto de palha. Depois, é só apontar seu celular para o céu e você terá o sinal de internet para pedir ajuda — explicou Tatu detalhadamente para evitar erros.

Os ponteiros do relógio corriam e os rapazes aceleravam seus passos. De repente, na hora mais escura da noite, ouviu-se uma grande explosão.

Logo em seguida, sons de tiros de espingarda e gritos aflitos ecoaram pelas matas. Rapidamente, uma chama vermelha surgiu na floresta.

— FOGO! É FOGO! — gritou Tatu desesperado.

— Eles estão incendiando a aldeia — apontou Biel para os invasores que estavam atravessando a mata e colocando fogo nas malocas.

Tatu pegou uma folha de palmeira e usou para dar sinal de aviso aos seus parentes de que estava voltando para a aldeia.

Biel sentiu-se confuso assistindo aquela cena e perguntou o motivo do gesto.

— Quando batemos com um pedaço de madeira na ponta de uma folha de palmeira dentro de uma mata fechada, é possível ouvir em um raio de até cinco quilômetros. As três batidas também servem como um código secreto para os guerreiros se preparem para a batalha.

Em seguida, Tatu retirou o caule da palmeira e trançou-o juntamente com outros caules até conseguir criar um novo cordão. Amarrou-o em um pedaço de madeira bem flexível e, com movimentos manuais precisos, fez um novo arco improvisado para Biel.

— Precisamos lutar com todas nossas armas.

Biel recebeu o presente inesperado e agradeceu curvando a cabeça.

Os dois jovens dispararam até chegarem na entrada da aldeia dos Pataxós. Eles se esconderam e continuaram se aproximando com cautela. Sabiam que agora era questão de vida ou morte.

Tatu apontou com o dedo mostrando novamente para Biel qual era a maloca que ele devia se dirigir para encontrar sinal de internet.

Nesse momento, atrás dos dois jovens, apareceram outros guerreiros que estavam escondidos na mata, todos pintados de tinta preta e vermelha - cores usadas para as grandes lutas da aldeia. Rapidamente, Tatu organizou um contra-ataque com seus aliados para resistirem à invasão.

A chuva estava cada vez mais forte, trazendo com ela poderosos raios, relâmpagos e trovões.

Os guerreiros, liderados por Tatu, cercaram a aldeia com os arcos retesados, prontos para disparar suas flechas. Tudo estava muito barulhento, mas era possível ouvir com nitidez as vozes dos garimpeiros. Deviam ter começado a beber cachaça há algum tempo, pois pareciam bêbados gritando e comemorando o sucesso da invasão.

— Vamos distrair eles e quando forem atrás de nós, você vai lá e se esconde dentro da maloca para pedir ajuda. Essa é a nossa chance! — avisou Tatu pela última vez.

— Certo! Se cuida, irmão!

Antes de correr, Biel ligou o seu celular e a bateria se encontrava em 10%. Ele tinha apenas uma única tentativa e não podia falhar.

Tatu, segurando seu arco e flecha, avançou na frente pelas sombras e ordenou ao seu grupo uma saraivada de flechas na direção dos invasores. Muitos homens caíram gritando.

— Peguem esse índio! É o líder da tribo — reagiu o comandante da tropa.

Biel contou pelo menos quarenta homens com espingardas e tochas. Reparou também que havia outros indígenas sobreviventes, mas estavam amarrados ao lado do espaço sagrado de cerimônia, a Oca-mãe.

Enquanto Tatu e os poucos guerreiros indígenas distraíam os invasores, Biel entrou na aldeia e correu em direção à maloca. Havia sons de tiros e flechas disparadas para todos os lados. Ele atravessou pelos cantos, e conseguiu passar pelo fogo sem ser percebido. Depois, abaixou-se no chão e foi se esgueirando como um animal até a maloca. Abriu a porta lentamente, conferiu se havia alguém dentro e entrou em silêncio sabendo que a vida de todos dependia dele.

Ao procurar a escada dentro da maloca, encontrou uma indígena escondida que estava muito assustada. Era a pequena Janaína! Ela chorava sentada com a cabeça entre as pernas e com as mãos tapando os ouvidos, como se tentasse acabar de uma vez por todas com aquele barulho cruel da guerra. Biel se aproximou e a abraçou tentando trazer algum conforto para ela. Em seguida, fez um gesto com o dedo nos lábios para que ela permanecesse em silêncio.

Janaína retirou o monte de palhas que estava ao lado dela e mostrou algo que parecia ser um pequeno boneco, coberto por um lençol com manchas vermelhas.

Ela repetiu com dificuldade uma única palavra:

— Ajuda, ajuda, ajuda!

Biel levantou o lençol bem lentamente e presenciou o que seria a cena mais triste já vista por ele.

Com cabelos pretos e lisos, pele macia e uma bochecha marcada com listras e bolinhas de tinta amarela, lá estava o irmão de Janaína, aquele mesmo bebê que dias atrás ele tinha carregado em seus braços meio sem jeito. O menino estava coberto de sangue, não respirava e permanecia com um olhar vazio para cima. O seu corpinho mole, com os braços jogados para baixo, denunciava uma grande tragédia. Biel reparou que o sangue saía de um ferimento na barriga. Era uma marca de tiro. Os homens da cidade alvejaram o pequeno guerreiro durante a invasão. Eles mataram o irmão de Janaína.

Biel sentou no chão com o menino ainda no colo, chorou silenciosamente ao lado de Janaína e apoiou a cabeça dela em seu peito. Por um momento, pensou em desistir de tudo. Aquilo tinha passado dos limites. Diante de tamanha tragédia, Biel acreditava que não tinha mais forças para continuar.

Até que um breve pensamento soprou em sua cabeça. Toda aquela tristeza ao seu redor não poderia ser em vão. Um verdadeiro guardião deveria ser digno para transformar a sua raiva em coragem e jamais permitir que uma cena daquela se repetisse no ventre da Floresta.

Então, Biel imediatamente pegou a escada feita de bambu e subiu até o telhado de palha. Abriu um pequeno buraco no teto e apontou o celular para o céu.

Biel finalmente tinha internet para pedir socorro.

Naquele mesmo instante, Tatu estava com poucas flechas restantes. Ele imobilizou mais três garimpeiros com flechadas em suas costas. Alguns invasores tentaram acertá-lo com golpes de facão, mas Tatu foi rápido e conseguiu se esquivar e revidar com socos.

Até que ele se deparou frente a frente com o comandante dos inimigos. Ele observou que o homem estava com um curativo no braço e, quando olhou fixamente para seus olhos, Tatu voltou no seu passado sombrio. Aquela cicatriz na testa do sujeito lhe era familiar. Seu Jaime, agora sem usar chapéu ou máscara, era o dono da cicatriz marcante que atormentava as suas noites de sono. Foi nesse momento que o valente Tatu reconheceu que o senhor Jaime era o mesmo homem que matou toda a sua família muitos anos atrás.

Sentiu seu sangue ferver de raiva. Ele foi tomado por uma força sobrenatural que parecia vir de todos os seus ancestrais clamando por justiça. Tatu foi para cima e eles lutaram um contra o outro fervorosamente. O guerreiro da floresta conseguiu acertá-lo com um chute na cabeça e, movido por um desejo de vingança ardente em seu peito, ele derrubou Seu Jaime no chão com uma rasteira. Agora estava com a flecha apontada para o assassino de sua família.

— Não! Calma! Por favor, eu imploro! Me perdoe! Eu não vou mais fazer mal a vocês. Me dê mais uma chance, Tatu. A partir de agora, eu vou me redimir protegendo a floresta também. Eu prometo — suplicava Seu Jaime com as palmas da mão juntas, esboçando algumas lágrimas em seus olhos.

Tatu ficou surpreendido com aquela cena. E não conseguiu se conter:

— Você matou toda minha família, lembra? Até hoje eu tenho pesadelos do dia que você invadiu a maloca do meu irmão mais velho. Mesmo depois de espancarem ele até a morte, você ainda fez questão de dar um tiro em seu corpo pálido enquanto ria sozinho, sem nenhuma piedade.

— Desculpa, Tatu! Eu era muito jovem e precisava de mais dinheiro pra sobreviver. O ouro era a minha única salvação. Eu juro por Deus que vou mudar, eu não quero mais essa vida para mim.

Naquele momento, Tatu sentiu seu corpo sendo tomado pela forte energia da pirâmide da harmonia, que parecia impedi-lo de se vingar. O coração bondoso dele resolveu praticar um gesto de compaixão e abaixou seu arco com a flecha.

Percebendo a desistência do ato, Seu Jaime retirou com a mão direita um revólver escondido em sua cintura. De maneira traiçoeira, rapidamente apontou-o para Tatu, que foi pego desprevenido.

— Você nunca ouviu falar sobre as lágrimas de crocodilo? — perguntou ironicamente Seu Jaime ao efetuar um disparo covardemente.

Tatu caiu na terra baleado. Sua visão logo ficou escura e embaçada, enquanto sua mão estava banhada de vermelho ao tentar conter o sangramento no abdômen.

178 *O Mensageiro*

Seu Jaime levantou-se e cuspiu em Tatu, que estava caído no chão. Em seguida, apontou a arma para a cabeça do indígena, sentenciando a sua morte.

Biel, do outro lado da aldeia, presenciou toda aquela cena de terror em câmera lenta. Ele estava muito longe para ajudar Tatu. Até que um pensamento novamente soprou no seu ouvido e lembrou-se do presente recebido horas atrás.

Rapidamente, Biel pegou o seu novo arco, procurou a única flecha que tinha guardado na mochila. Pediu pela benção da Rainha da Floresta para guiar aquela flecha diretamente no alvo. Como um verdadeiro guardião, ele respirou fundo, mirou em Seu Jaime e soltou a flecha.

No exato momento em que Seu Jaime efetuava o disparo fatal, uma flecha perfurou seu peito, desviando a linha do tiro e renascendo uma linha de fé para Tatu.

Sons de mais tiros estouraram. Os outros invasores se aproximavam apontando suas armas. Embora estivesse ferido, Tatu conseguiu se levantar e foi cambaleando até a mata para se esconder.

— Tragam-no até aqui! Peguem esse índio! Eu quero ver ele sofrer de dor — gritou Seu Jaime enquanto tentava retirar, com muita dificuldade, a flecha dentro do seu peito.

Ao mesmo tempo, Biel conseguiu de uma vez por todas se conectar na internet e entrou ao vivo na rede social:

— Galera! Socorro! Eu estou há vários dias perdido no meio da Floresta Amazônica. Agora eu tô na Reserva da aldeia Pataxó, mas têm garimpeiros e latifundiários tocando fogo e cometendo um genocídio indígena aqui. Se ninguém fizer nada...

O sinal da internet desconectou-se novamente, interrompendo suas palavras. A única coisa que restava era torcer para que alguém tivesse visto.

A menina Janaína, escondida na maloca, puxou a camisa de Biel por trás e apontou para um pequeno buraco na parede onde era possível ver o restante da sua família amarrada dentro da Oca-mãe.

Biel olhou com atenção e percebeu que Seu Jaime, mesmo ferido e sangrando, estava prestes a cometer uma última barbárie.

Os indígenas capturados estavam presos por cordas e sem possibilidade de reação. Seu Jaime colocou gasolina em todo o espaço sagrado e acendeu seu isqueiro para todos morrerem queimados.

Biel foi movido novamente pela coragem e saiu correndo da maloca em direção ao grupo. Enquanto isso, Seu Jaime jogou o isqueiro na gasolina e o fogo começou a se alastrar rapidamente.

Biel pegou seu cajado e se aproximou dele silenciosamente por trás. Em um movimento rápido acertou Seu Jaime na nuca, fazendo-o cair desacordado.

Biel entrou no espaço em chamas. Havia, pelo menos, trinta indígenas presos.

Os invasores atiraram para dentro da Oca-mãe, baleando alguns indígenas que já estavam imobilizados. Biel começou a ficar tonto com tanta fumaça e tirou a camisa para cobrir o nariz. Nesse momento, ele conseguiu cortar as cordas e soltar os homens. Conforme iam se soltando, um por um foi ajudando as mulheres e crianças a se libertarem também.

Quando o fogo parecia dominar todo o local, o grupo conseguiu sair de lá segundos antes de uma grande explosão. Eles saíram abraçados, como se fossem um só corpo, todos atravessaram as chamas e correram até a área aberta para respirar.

Os guerreiros indígenas logo entraram na mata para ajudar Tatu, que estava ferido e continuava sendo perseguido pelos invasores.

Alguns minutos se passaram até que sons de helicópteros começaram a tomar conta do local. Os primeiros raios de sol também surgiam no horizonte.

Em pouco tempo, uma pequena equipe de resgate, que há dias buscava pelo garoto desaparecido nas redondezas, chegou na aldeia. Eles chegaram de barco à motor pelo rio acompanhados também de alguns soldados do exército, que ajudaram a capturar os culpados por aquela tragédia.

Poucos minutos depois, os soldados começaram a sair das matas com os invasores algemados. Eles foram colocados todos juntos enquanto aguardavam o helicóptero militar para levá-los até a delegacia.

— Cadê o Tatu? Cadê o Tatu? O que vocês fizeram com ele? — perguntou Biel desesperado.

Um garimpeiro, que era o último preso da fila, respondeu:

— Aquele miserável! Ele não é só um guerreiro. Ele é um Xamã. Ele já tinha sido baleado e estava totalmente encurralado, mas quando estávamos prestes a acabar com ele, se transformou em uma enorme onça amarela com manchas pretas e nos atacou.

Biel se afastou do homem em estado de choque. Por um lado, ficou feliz e aliviado de saber que Tatu estava vivo. Mas, não sabia o que pensar sobre a história de ele ter virado uma onça. Será que veria seu grande amigo novamente?

Um homem com terno e gravata interrogava Seu Jaime. Porém, pareciam velhos conhecidos pela maneira como conversavam. Biel se incomodou com o fato de o homem não colocar algemas no preso. Também observou que, às vezes, encostava sua mão no ombro do senhor Jaime como se estivesse consolando-ó.

Após alguns minutos, o homem de terno veio em sua direção.

— Olá, Biel. Eu me chamo Cesar. Sou o capitão dessa operação e responsável pela segurança da região.

O homem estendeu sua mão para cumprimentar Biel.

Ao apertar sua mão, Biel sentiu uma energia estranha vinda do homem. Ao olhar para a mão dele, percebeu que o capitão tinha um anel dourado com um símbolo brilhante de Serpente.

Biel logo se lembrou do alerta da sereia Oiá sobre o Povo das Serpentes. Mas, acabou ignorando o sinal por teimosia. Seria ridículo, depois de tudo que havia passado, desconfiar de um capitão do exército que trabalhava para cumprir as leis.

O homem iniciou um interrogatório:

— Biel, antes que a imprensa chegue aqui, me diga uma coisa. Eu vi você perguntando aos invasores sobre um tal de Tatu. Ele era seu amigo, correto?

— Isso mesmo, Tatu salvou minha vida enquanto eu estava perdido na floresta.

— Então, eu creio que nós o encontramos. Você vai precisar vir comigo até próximo ao rio para fazer o reconhecimento do cadáver.

— Como assim? Tatu está morto? — perguntou Biel desesperado.

— Venha comigo agora, eu te explico pelo caminho. Não temos muito tempo — insistiu o capitão.

Biel imediatamente entrou na mata com o homem. Os dois foram em direção às margens do rio.

— Então, Biel, eu vi o vídeo que você colocou na internet denunciando os invasores. Você só pode acusar determinadas coisas se tiver como provar, e sabemos muito bem que você não tem provas, né? — perguntou o capitão com um tom de manipulação.

— Não estou entendendo. Você não viu que aconteceu exatamente o que eu denunciei? Houve uma invasão dos homens da cidade, eles atiraram contra os Pataxós, mataram crianças e incendiaram a aldeia. Se não fosse o Tatu, provavelmente estaríamos todos mortos agora.

— Cuidado, Biel. Se outras pessoas te ouvirem falando esse tipo de coisa, vão ficar bem chateadas com você. É mais fácil a gente admitir que os indígenas que começaram essa bagunça, porque temos mortos dos dois lados — insistiu o capitão com um ar de maldade.

O Mensageiro

— Olha, eu tenho como provar o crime desses invasores! Fiz vídeos e fotos desses assassinos e tenho documentos que comprovam para quem eles trabalham.

O capitão não escondeu a raiva que sentiu com aquela resposta e logo fez um gesto de reprovação com a cabeça.

— Bem, eu estava olhando a sua ficha antes de chegar aqui. Coletei bastante informações sobre você. E, pelo visto, devido ao tempo que você ficou perdido na floresta, acabou perdendo o dia da prova do seu vestibular. E você queria passar em Direito, correto?

— Sim, eu me inscrevi para Direito. Mas eu nem me lembrava mais do dia do vestibular. Aconteceram tantas coisas graves aqui que isso pouco importa agora.

— Bom, eu tenho uma proposta que eu sei que você vai gostar. Basta deletar essas imagens do seu celular que eu consigo te colocar na melhor universidade de Direito do país pra você se tornar o orgulho de toda a sua família. Basta uma ligação minha e ainda te boto para trabalhar em um dos maiores escritórios de advocacia já. Eu garanto que você vai ter uma carreira muito próspera.

— Mas quem te disse que isso vai me trazer prosperidade? A minha visão de prosperidade é bem diferente dessa. Eu não aceito — falou Biel com firmeza de quem aprendeu bem a lição sobre prosperidade.

— Bem, eu tentei te ajudar. Até agora levei tudo de forma bem pacífica. Mas, já reparei que você é muito teimoso.

Biel sentiu novamente um arrepio na pele como se fosse um aviso. Percebeu que agora já estava um pouco mais afastado da cena do crime e, infelizmente, acompanhado somente pelo capitão que deveria ser a alguém que supostamente o protegeria.

— Ali está seu amigo. Disseram que ele tinha virado uma onça, mas na verdade ele está mais para uma bela presa sangrando no chão indefeso. Logo mais ele vira o almoço das serpentes — comemorou com ironia o capitão.

Biel ouviu aquelas palavras como se fossem uma maldição e correu para socorrer seu amigo que precisava de ajuda.

Ao chegar bem próximo, percebeu que Tatu ainda estava de olhos abertos, mas respirava com dificuldade. Era possível ver as marcas de tiros e uma poça de sangue ao seu redor.

Biel, abalado emocionalmente com o seu companheiro, não percebeu a aproximação do capitão, que lhe deu uma coronhada na orelha, derrubando-o.

Nessa hora, o capitão puxou Tatu pela trança no cabelo e deu um aviso final:

— Quem diria que dois pirralhos iriam me arranjar tanto problema... O que você está fazendo com esse celular na mão? — perguntou Cesar apontando o revólver para Biel.

Biel respondeu com ímpeto:

— Eu vou compartilhar todas as fotos e filmagens do massacre que fizeram aqui e vou revelar os documentos das empresas que financiam esses crimes. Basta um clique nesse botão e eu coloco tudo isso na rede. Abaixa a arma agora!

O capitão desceu o braço e deixou a arma colada na perna.

— Você está mentindo.

— Não estou. Descarregue a arma e coloque-a no chão. Se você não fizer isso, eu juro por Deus que eu aperto o botão de enviar — Biel estava com dedo na tela, que ainda aparecia acesa. Se a bateria acabasse e a tela escurecesse, seria o seu fim.

— Quem você pensa que é? Eu sou a única autoridade aqui nesse matagal. Os soldados cumprem as minhas ordens. Se você apertar esse botão, eu invento agora mesmo que vocês dois foram responsáveis pela morte de trabalhadores e pais de família durante este conflito aqui da região. Se eu meter uma bala na cabeça de cada um de vocês, eu direi que foi em legítima defesa — disse Cesar com um sorriso maldoso.

— Podemos pagar para ver. Mas, na mata quem manda é a Rainha.

— Sim, podemos. Mas, só você está apostando a sua vida.

— É uma causa que vale a pena. E se você acha que terá uma vida após esses arquivos chegarem ao mundo, tenho certeza de que está bem enganado. Coloque a arma no chão já! — ameaçou Biel, tentando disfarçar o nervosismo a cada conferida na tela.

Cesar encarou Biel por um bom período, abriu o tambor do revólver e fez as balas caírem no chão. Dobrou lentamente os joelhos, colocou a arma no solo e fez sinal de rendição.

— Pronto, agora você solta o celular.

— Primeiro você solta o Tatu, depois eu te entrego o celular.

— Não, Biel! Não entregue, não faça o que ele está mandando! Salvar a Rainha da Floresta é muito mais importante do que a minha vida — falou Tatu com dificuldade.

— Quanto heroísmo, indiozinho — disse o capitão.

— Biel, mande as fotos! Por favor — insistiu Tatu.

Biel continuou na mesma posição, mas seus olhos se moveram para a tela, mais especificamente para o 1% aparecendo no canto superior direito.

— Para um menino, você está se saindo um ótimo negociador — disse Cesar batendo palmas ironicamente. Ele puxou Tatu pelo cabelo e o empurrou na direção de Biel com um chute em suas costas — Agora, me dê o celular ou eu atiro.

Biel se ajoelhou, colocou o celular no chão e, com um toque imperceptível na tela, deslizou o celular pela terra até a mão do capitão. Cesar pegou o aparelho e, quando olhou, foi surpreendido pela notificação avisando que os arquivos foram enviados com sucesso. Antes de conseguir falar qualquer coisa, a tela apagou sem bateria.

— Foge, Tatu! — gritou Biel.

Naquele exato instante, Biel jogou com força o cajado, como se fosse uma lança, desequilibrando o capitão. Possuído por uma sensação de bravura, Biel foi para cima com toda sua raiva. Conseguiu afastar a pistola para bem longe e começou a dar socos e joelhadas.

Infelizmente, Biel não fazia ideia de que o capitão também guardava uma faca presa no seu cinto de couro. Apesar de parecer um senhor mais velho com o cabelo grisalho, Cesar era um cara grande e pesado. Em um movimento inesperado, ele imobilizou Biel e colocou a faca em seu pescoço.

Em um último gesto de sobrevivência, Biel mordeu a sua mão como se fosse um leão faminto. O capitão gemeu de dor e imediatamente empurrou Biel forte o suficiente para derrubá-lo dentro do leito do rio. Em seguida, o capitão furioso apelou para seu último gesto de crueldade e tentou afogá-lo debaixo daquelas águas escuras.

Biel ficou se debatendo desesperado tentando respirar, mas Cesar mantinha a sua cabeça imersa na água. Os segundos foram se passando e Biel foi ficando sufocado e perdendo a força.

Quando tudo parecia perdido, um estrondoso rugido assustou o capitão. Ele soltou a cabeça de Biel para olhar para trás e avistou uma grande fera saindo da mata. Era ela, a temida onça amarela! Ela logo o atacou, mordendo sua perna, e arrastando-o para longe do rio.

Biel conseguiu puxar um ar de alívio e voltou a respirar. Ele assistiu à luta entre a onça e o capitão. Era a segunda vez que Biel avistava aquele lindo animal atacando alguém na floresta.

A onça rasgou o braço de Cesar com suas garras. O capitão ainda tentou rastejar para recuperar sua arma, mas antes de conseguir segurá-la novamente, recebeu um último golpe fatal. A onça pulou em cima das costas dele, e deixando cair gotas grossas de saliva da sua boca, cravou uma mordida fatal no seu pescoço. Em seguida, lançou seu corpo ao rio.

O capitão, já sem vida, boiou durante alguns segundos na água. Pouco tempo depois, algumas serpentes surgiram da profundeza do rio e começaram a rodeá-lo, puxando-o para baixo como se estivessem recebendo de volta um velho amigo.

186 *O Mensageiro*

A onça se aproximou de Biel. Ele reparou que ela estava com feridas de balas exatamente na barriga onde Tatu também tinha levado os tiros.

— Você salvou minha vida novamente, Tatu.

A onça deu um grande rugido e apontou suas garras em direção a maior árvore da floresta.

— Sim, eu sei! A Rainha da Floresta sempre está com a gente! Nós conseguimos! Agora, vá até lá e encontre o Xamã para ele curar as suas feridas. Sei que você ficará bem — disse Biel confiante.

Alguns flashes de fotos surgiram atrás da vegetação e vozes de pessoas começaram a ficar mais próximas. Eram os jornalistas que tinham acabado de chegar na aldeia e queriam registrar todas aquelas cenas inéditas.

A história do jovem que se perdeu na floresta e denunciou a invasão nas terras indígenas estava repercutindo em todo o mundo.

A onça se despediu de Biel lambendo o seu rosto. Logo em seguida, saiu disparada em direção à Rainha antes que os jornalistas chegassem.

— Até mais, Tatu! Te vejo em breve, meu irmão!

Biel desabou no chão chorando de alegria - e alívio - por saber que a aldeia e a floresta permaneciam mais um dia de pé.

— Achamos! Ele está aqui! — gritaram os primeiros jornalistas ao chegarem no local.

— Biel, Biel! Conte-nos o que aconteceu em todos esses dias que você esteve na floresta. O mundo inteiro quer saber.

Biel se levantou, pegou seu cajado, respirou fundo, olhou para os céus e, em seguida, fechou seus olhos como se estivesse se sintonizando com uma inteligência superior que anunciava a seguinte mensagem:

Os guardiões de Gaia estão se levantando.

Os seres elementais estão se reunindo na
terra, no fogo, na água e no ar.

Os Xamãs estão reaparecendo.
Salve os nossos irmãos da floresta!
Salve os seres da mata, os povos originários,
guerreiros e guerreiras da luz.
Salve todos os grandes mestres.
Salve a força da natureza.
Nesse exato momento, estamos no meio de uma bifurcação:
Em um caminho seguimos adormecidos pelo vale das sombras.
Nele, continuaremos em guerras, separações,
mortes, violência e doenças.
Por outro, seguimos o canal mais profundo do nosso coração
e seremos guiados pelo amor. Firmaremos que a paz reine
e viveremos em harmonia como uma grande família.
Estamos vivenciando o final dos tempos.
O final do velho mundo.
Estamos sentindo a Nova Era se aproximando.
Novos raios de luz que trazem o conhecimento
e a sabedoria que nos foram escondidos.
Histórias que se tornam mitos, e mitos se tornam lendas.
Tu não vês a realidade porque te impuseram vendas.
Não há mais tempo a perder.
É o reinado da Floresta se manifestando na frente de todos.
É a grande profecia dos povos ancestrais
anunciando a cura do planeta.
Nosso coração reconhece o som familiar dos tambores!
A Rainha da Floresta está em festa!
Esse é o grande despertar da Humanidade!
A luz venceu!

CAPÍTULO 15

A MENSAGEM DA RAINHA

Os jornalistas registravam todos os detalhes que podiam daquela cena. Eles se aglomeram a sua volta e logo começaram a fazer novos questionamentos. Porém, Biel estava exausto. Ele precisava descansar depois de tantas batalhas vivenciadas nos últimos dias.

Entretanto, uma voz novamente soprou em seu ouvido, relembrando-o da sua missão de espalhar a mensagem da floresta para o mundo. E, mesmo cansado, atendeu aos jornalistas que insistiam para que ele compartilhasse mais sobre as experiências vividas durante todo esse tempo perdido na Amazônia.

— Eu vou escrever um livro para levar a mensagem da floresta para as cidades! Aqui, eu aprendi que o sagrado está onde nossos pés tocam. De tudo que a natureza é feita, nós também somos. Somos todos filhos da Terra. Da grande Mãe Gaia. Devemos trilhar nossas vidas em comunhão com a sabedoria da natureza para um melhor viver. Devemos repensar o modo de enxergar nossas prioridades para criarmos um novo estilo de vida de uma maneira livre, conectada, consciente e em harmonia com todos os seres e com nós mesmos. Jamais vou esquecer o quanto a terra adora sentir meus pés descalços e o quanto o vento tem vontade de brincar com os meus cabelos.

Alguns bombeiros se aproximaram de Biel e foram afastando os jornalistas para iniciarem os procedimentos de primeiros socorros. Após tantos dias sem comer e dormir direito, eles precisavam conferir se Biel estava com os sinais vitais normalizados. Por isso, conduziram-no até o helicóptero para examiná-lo e, em seguida, levaram-no de volta para sua cidade natal.

Biel deitou-se na maca e foi colocado no helicóptero, que rapidamente decolou. Ele fechou os olhos e lembrou-se de quando pedia para viver uma grande aventura. Aquilo tudo parecia um grande sonho. Porém, era real e sua vida já não era mais a mesma, e nem queria que fosse.

Assim que Biel chegou ao aeroporto, uma grande agitação se formou no setor de desembarque.

Toda a sua família estava reunida esperando ansiosamente pela sua chegada. Seus colegas da escola também estavam lá prontos para comemorar a volta de Biel. Eles foram os grandes responsáveis por mobilizar as autoridades rapidamente para o seu resgate, após terem assistido ao seu apelo nas redes sociais.

Havia também vários jovens segurando cartazes em defesa da floresta. Eles tinham se conectado com as suas palavras ditas nos jornais e queriam ajudar de alguma forma a proteger a natureza.

Além disso, estavam presentes pessoas ligadas a ONGS ambientais, movimentos sociais, grupos espiritualistas e até representantes de outros países, todos buscando formas de contribuir para criar um grande movimento de retomada ecológica na sociedade.

Assim que Biel saiu do portão de desembarque, ele levantou seu cajado e abriu os braços para receber um caloroso afeto de todas aquelas pessoas. Seus pais e sua irmã estavam emocionados em lágrimas. Recebeu um abraço bem apertado do seu pai e sorriu para sua irmã. Finalmente, olhou para sua mãe e lhe deu um beijo na testa enquanto lhe pedia perdão.

Seus amigos imediatamente o levantaram, jogando-o para cima como se estivessem comemorando uma grande conquista. Ele estava de volta, em segurança. Aquela missão, tão inesperada e necessária, havia sido devidamente cumprida.

Mas, Biel sabia que aquele era somente um capítulo de uma longa jornada que estava apenas começando. Com coragem, humildade e sabedoria da Rainha da Floresta, era a hora de espalhar a mensagem para o mundo.

Antes de ir embora do aeroporto, procurou por Natália na multidão até encontrá-la. Ela acenava de longe, tentando chamar a atenção dele naquele tumulto. Ao avistá-la, Biel abriu sozinho o caminho para lhe dizer algo que estava preso em sua garganta.

— Chega de esconder o nosso amor! Você é a garota que inspira os meus melhores textos! Eu quero você pra sempre ao meu lado! — disse Biel segundos antes de dar um beijo molhado nela. Aquele foi um verdadeiro beijo de jovens apaixonados.

Ao voltar de carro com seus pais, Biel foi matando um pouco a saudade enquanto recebia muitos gestos de carinho e afeto. Surpreendentemente, ele fez um pedido inusitado: Pediu para subir a ladeira de sua casa a pé.

Sua família sabia que era importante Biel ter um momento para assimilar tudo o que tinha vivenciado nas últimas semanas. Então, deixaram que ele subisse a ladeira sozinho enquanto preparariam seu almoço com uma deliciosa lasanha vegetariana de palmito e jaca desfiada para comemorar seu retorno, a pedido dele.

Ao pisar no início da ladeira, muitas memórias da floresta vieram à tona. Biel sentiu os raios do sol e lembrou-se de Tatu, do Xamã ancião, do biólogo Caio, da pequena Janaína, das lideranças Pataxó Tapy e Biraí, da cacica Paará e da sereia Oiá.

Ele respirou fundo e agradeceu por tudo que tinha vivido.

Ao chegar no topo da ladeira, aproximou-se de um pequeno campo de futebol na frente de sua casa, onde tanto brincou com os amigos na sua infância. Reparou pela primeira vez que havia algumas árvores lindas espalhadas ao redor do local.

OS 2 GUARDIÕES DA RAINHA DA FLORESTA **191**

Biel tocou nelas, conectou-se com cada uma e colocou a mão no bolso. Lá estava a semente verde e dourada que havia recebido na floresta.

Aquele era um local muito sagrado para Biel, pois foi onde tudo começou. Ele cavou um pouco de terra e fez um pequeno buraco na grama. Colocou a semente ali dentro e enterrou-a.

Lembrou-se da cena em que segurava em seus braços o pequeno guerreiro indígena, já sem vida. Biel sentiu vontade de chorar e tentou se conter para ninguém ver, mas logo se recordou da lição ensinada pela sereia Oiá. Ele precisava se permitir sentir e expressar as suas emoções. Lágrimas cristalinas escorreram de seus olhos, purificando e regando o solo com as mais belas intenções.

Enquanto isso, falou algumas palavras baixinhas, como se soubesse que, independentemente de onde Tatu estivesse, ele conseguiria lhe ouvir:

— Eu sinto muito por tudo que fizemos com vocês desde 1500. Eu peço perdão por violentarmos suas famílias. Eu sinto muito por invadirmos as suas terras. Eu peço perdão por destruirmos o lar de Gaia e Tupã. Eu sinto muito por ignorarmos a sua sabedoria e impormos as nossas mentiras. Eu peço perdão por sermos tão intolerantes com a sua cultura. Eu sinto muito por deixá-los sozinhos protegendo a natureza da ganância humana. Infelizmente, nós, homens da cidade, ainda somos muito mimados e teimosos. Só queremos saber de consumir e explorar o máximo de tudo e de todos. Pedimos para tirar fotos com seu cocar só para ganhar curtidas. Cantamos suas músicas sem sentir a dor ancestral da sua mensagem. Usamos suas medicinas sem nenhum respeito e humildade. Carregamos tantos preconceitos que ainda lhe ofendemos com nossos gestos e palavras.

Biel esfregou sua mão na terra e fechou os olhos:

— Me perdoe, irmão! Perdão pela covardia do meu povo que massacrou a sua aldeia. Os homens da cidade continuam cegos pelo ouro, enquanto as lágrimas de vocês ainda escorrem pelos seus olhos. Mas, eu prometo, do fundo do meu coração, que os novos livros serão escritos com as suas vozes. Está vindo uma geração de pessoas disposta a se unir nessa batalha em defesa da nossa Mãe Terra. Vamos, aos poucos, nos redimir por todo o sofrimento que causamos. Não haverá mais histórias de sangue derramado do seu povo. Esse tempo acabou. Os guardiões da Floresta estão prontos para a grande missão. "Vamos lutar, Pataxós! Pelos parentes que morreram".

De repente, o solo começou a se mexer. A semente imediatamente fazia brotar uma planta. A planta cresceu tão rapidamente que, em poucos segundos, ela já estava maior que Biel e se tornou uma árvore grande, forte e majestosa.

Ele observou ao seu redor e percebeu que as poucas pessoas que estavam por perto nem notaram o que tinha acabado de acontecer. Olhou para o chão e reparou que a árvore formava uma sombra misteriosa em formato de uma figura feminina imponente, exuberante e mágica, exatamente onde ele estava.

Ele levantou sua cabeça e disse:

— Então, é aqui e agora que eu começo a escrever a mensagem de esperança da Rainha da Floresta para o mundo! A partir de hoje, não vamos mais permitir que as pessoas destruam o nosso lindo verde das matas que são tão importantes para nossa vida.

Ele sentou-se, respirou fundo, abriu seu velho caderno e pegou sua inseparável caneta azul.

Era o momento sagrado de retomar a sua lenda pessoal e convocar os novos guardiões da Rainha da Floresta que sentirão o seu chamado e vão chegar até aqui.

— Agora, é hora de soltar a flecha!

AGRADECIMENTOS FINAIS

Embora Os Dois Guardiões da Rainha da Floresta seja um livro de aventura, mistério e magia, ele contém diversos acontecimentos reais que fizeram parte da minha jornada. Quando jovem, na época da escola, eu não entendia muito bem como o sistema educacional funcionava. Por isso, posso dizer que vivia em constante conflito entre meus dois lados: Um era revestido de "bom garoto", aquele menino certinho que obedecia às regras e seguia o caminho padrão pré-estabelecido. Já o outro era aquele jovem questionador, teimoso e rebelde que tinha sede por liberdade e sonhava em viver uma grande aventura.

Neste livro, quis retratar o importante momento de conexão e despertar espiritual que eu vivi ainda jovem, e que me fez enxergar a natureza com muito respeito e reverência. Especialmente nesse momento crucial em que a nossa floresta pede socorro e sofre com a ignorância humana. Este livro é uma crítica baseada em questionamentos de um jovem buscador que começa a perceber as contradições da sociedade em que vive - ao mesmo tempo em que mergulha em seu processo de autoconhecimento e expande sua consciência conhecendo os mistérios do nosso mundo invisível. Espero que esta obra inspire mais pessoas a trilharem o caminho do coração e a encontrarem, a partir dos seus talentos, a razão pela qual nasceram. Pois, certamente, cada um de nós recebeu uma missão e possui um propósito para contribuirmos com essa fase de Despertar da humanidade que estamos vivendo. Desejo que a Rainha da Floresta lhe abençoe em sua jornada e lhe dê o entusiasmo necessário para abrir seus caminhos com firmeza e coragem.

Eu agradeço por você ter acompanhado essa aventura até o final e se permitido mergulhar profundamente nas temáticas tão relevantes que foram abordadas, principalmente para se juntar nesta luta e impedir que a profecia indígena sobre a queda do céu se realize.

Se você quiser participar do movimento de defesa da Rainha da Floresta, contribuir em propagar essa mensagem para mais pessoas e trazer melhorias nas condições das aldeias indígenas, eu peço humildemente que você faça um breve comentário na avaliação do livro na Amazon para impulsionar a visualização de mais leitores por meio desta plataforma ou empreste o livro físico para outras pessoas. Salve a sua força, meu irmão! Salve a sua força, minha irmã! Estamos juntos e seguimos juntos!

SOBRE O AUTOR

Gabriel Mendes é um jovem sonhador que decidiu com 20 anos trancar a faculdade no Brasil para fazer um intercâmbio esportivo nos EUA e realizar o sonho de estudar e jogar futebol em Universidades americanas com bolsas esportivas.

Ao retornar dessa impactante experiência internacional, Gabriel criou, com seus amigos do intercâmbio, a Dream Big para proporcionar aquele mesmo sonho para outros jovens brasileiros.

Durante a pandemia, os amigos decidiram finalizar o ciclo da empresa e Gabriel se tornou um nômade digital, morando em vários estados do Brasil e vivendo na prática sua lenda pessoal.

Seguindo seu coração e se conectando com a sua ancestralidade, Gabriel relembrou a origem indígena em seu sangue e buscou aprender um pouco mais sobre os mistérios da floresta.

Após um profundo mergulho dentro do xamanismo, sentiu um chamado interno para se tornar um guardião da Rainha da Floresta e através do seu talento com a escrita possui a missão de contar boas histórias para resgatar a conexão dos leitores com a Mãe Natureza e denunciar a crueldade sofrida pelos povos indígenas até os dias atuais.

Gabriel Mendes é empreendedor, palestrante e escritor nos principais Blogs de Espiritualidade do Brasil. Também é o sócio fundador da agência de comunicação "Os Mensageiros", que possui a missão de espalhar as mensagens das marcas ligadas ao tema de autoconhecimento nas redes.

Gabriel formou-se em Bacharelado Interdisciplinar em Humanidades na Universidade Federal da Bahia e cursou Business Administration na Chestnut Hill College, em Philadelphia/USA.

Além disso, ele é produtor de conteúdo de Espiritualidade e autoconhecimento no Instagram: _Bielmendes e no Youtube: O Mensageiro.

- editoraletramento
- editoraletramento.com.br
- editoraletramento
- company/grupoeditorialletramento
- grupoletramento
- contato@editoraletramento.com.br
- editoraletramento

- editoracasadodireito.com.br
- casadodireitoed
- casadodireito
- casadodireito@editoraletramento.com.br